Das Buch

Daß wir alle Hochstapler sind, macht uns gar nichts mehr aus. Warum auch? Wirklich schlimm ist es ja bloß bei denen, die es nicht wissen. Ohne Anleitung aber sollte niemand seine Hochstapeleien betreiben; denn erst mit der professionellen Beratung durch einen Kenner wie Walter Serner wird die Handhabung der psychologischen und moralischen Tricks zur Lebenshaltung und Kunst. »Verspürt man während des Lesens«, schreibt Doktor Serner, »plötzlich eine unbeherrschbare Freude, dann hat sich ein bereits sehr unliebsam erkanntes Manko gefüllt oder dort ein sicherer Weg gezeigt, wo man schon oft betrübt umgekehrt war. Diese so besonders wirkungsvollen Fragmente streiche man sich an und lese sie dreimal. Sind welche darunter, die auf den Umgang mit Damen sich beziehen, so wird jener Freude noch die der unmittelbaren Nähe des Versuchsobjektes sich hinzugesellen. Man überlasse sich ihr ... der zerebrale Rausch, in dem diese Lektüre geschieht, kann nicht groß genug sein.«

Der Autor

Walter Serner, am 15. Januar 1889 in Karlsbad geboren, in Greifswald zum Dr. jur. promoviert, gehörte zum Kreis der Dadaisten, gab während des Ersten Weltkriegs die Zeitschrift ›Sirius‹ und 1919 mit Otto Flake und Tristan Tzara den ›Zeltweg‹ heraus, die letzte dadaistische Veröffentlichung, und gehörte zu den Mitarbeitern an Franz Pfemferts expressionistischer Zeitschrift ›Aktion‹. Ende der zwanziger Jahre lag das siebenbändige Gesamtwerk vor. 1933 wurden Serners Bücher verboten. Seine Spur verliert sich 1942 im KZ Theresienstadt.

Walter Serner:
Letzte Lockerung
Ein Handbrevier für Hochstapler und solche die es werden wollen

Herausgegeben von Thomas Milch

Deutscher
Taschenbuch
Verlag

Von Walter Serner
sind im Deutschen Taschenbuch Verlag erschienen:
Der Pfiff um die Ecke (1741)
Die tückische Straße (1791)
Die Tigerin (10054)
Der isabelle Hengst (10113)
Zum blauen Affen (10176)

Ungekürzte Ausgabe
Juni 1984
Deutscher Taschenbuch Verlag GmbH & Co. KG,
München

ISBN 3-921499-40-2
Umschlaggestaltung: Celestino Piatti unter Verwendung
einer Zeichnung von Christian Schad
Gesamtherstellung: C. H. Beck'sche Buchdruckerei,
Nördlingen
Printed in Germany · ISBN 3-423-10277-2

Anton van Hoboken
gewidmet

Inhalt

Letzte Lockerung

Erster Teil
Das prinzipielle Handbrevier

Zur Vorbereitung

Man nehme vor der Lektüre ein kurzes lauwarmes Bad, ruhe eine halbe Stunde, gehe hierauf im Abendanzug in ein renommiertes Restaurant und lasse folgendes Diner sich servieren:

Portugiesische Austern (Pfälzer 1921)
Hors d'oeuvres variés
Forellen in Butter
Spargel, sauce vin.
Poulet (Chambertin)
Blumenkohl au gratin
Pommes frites
Salat
Omelette soufflée
Camembert
Pfirsiche, Weintrauben
Nürnberger Pumpernickel (Lanson brut 1911)
Café nature
Chartreuse jaune

Kaffee und Likör nehme man jedoch nur dann im Restaurant, falls man ungestört sitzt. Andernfalls suche man sich eine stille Ecke in einem Café oder einer Bar und bestelle außerdem gleichzeitig einen *Grand Marnier, Ruban rouge*, und *Cerises jubilé*, die man so lange unberührt stehen lasse, bis das Zeichen zum Konsum gegeben wird. Hierauf entzünde man sich sein Lieblingsrauchwerk und beginne mit der Lektüre. Nach jedem Fragment pausiere man drei Minuten, trinke ein wenig und rauche. Nach jedem der sechs Abschnitte lege man das Buch fünf Minuten aus der Hand und blicke auf den Plafond.

Die Lektüre des ersten Teils dürfte nicht mehr als eine Stunde beanspruchen und einen Zustand außerordentlicher Unternehmungslust verursachen. Man folge dieser nur insoweit, als man das Lokal wechsle, und warte mit der Verwendung ihres wichtigeren Restes (Dame), bis das Zeichen dazu gegeben wird.

Jeder, der durch Eltern, Fibel, Bibel und Bonzen mühselig ist und mit Minusgefühlen beladen, deshalb nicht nur in hitzigen Nachtstunden davon träumt, jenes tyrannische Pack zu stäupen, sondern auch voll grimmiger Phantasien darin schwelgt, Glücksritter seines Leibes zu werden und des Lebens, spare monatelang, wenn es anderswie nicht zu erreichen sein sollte, um vor der Lektüre jenes Diner sich servieren lassen, und, falls er über keine Dame gebietet, sich eine kaufen zu können. Wer dieser vorgeschriebenen Vorbereitung zuwiderhandelt, wird die Wirkung dieses Buches sich so schmälern, daß dessen Zweck, ihn für immer aufzulockern und zu dem zu machen, was er im Grunde ist, verfehlt werden dürfte.

Wird er aber erreicht, so wird dieses Brevier das erste Abenteuer gewesen sein und fortan von einem zum andern führen, von Stadt zu Stadt, von Land zu Land.

Jene, die längst solchen Weges dahinziehen, mögen gleichwohl diese Lektüre nicht verachten noch die vorgeschriebene Vorbereitung: ein kraftvolles Zusammenströmen alles dessen was des Körpers und des Hirnes ist, wird die Lust zu neuen Taten stärken.

(Hier sei erwähnt, daß, um kräftige Trinker nicht zu irritieren, das Maß der Getränke nicht vorgeschrieben wurde; daß es aber ratsam ist, von jedem Wein nur eine halbe Flasche zu bestellen und von jeder Flasche dem Kellner ein Glas zu überlassen.)

1. Motto: Jeder sein eigener Papst!

2. Motto: *Non, je ne marche pas.*
Non, je ne marche plus.
Mais j'irai peut-être à Canada.
Chi lo sà?

3. Motto: »Ihr Name tut nichts zur Sache.
Aber wie heißt du, Heißgeliebte?«

4. Motto: (Die Kunst-Kuhe ging so lange zum Brunnen,
bis ich ihr hinter die Ohren brach.)

5. Motto: *Que les chiens sont heureux!*
Ils se ....,
ils s' .... entre eux:
que les chiens sont heureux!
(Ami, ami!)

6. Motto: Zwei Sparren zwischen den Beinen,
eine Pfauenfeder am Mast,
so geht er, es ist zum Weinen,
und mit gelinder Hast.
Wer? Das Pack.

7. Motto: Grips muß man haben, Stark muß man sein!

I

1. Um einen Feuerball rast eine Kotkugel, auf der Damenseidenstrümpfe verkauft und Gauguins besprochen werden. Ein fürwahr überaus betrüblicher Aspekt, der aber immerhin ein wenig unterschiedlich ist: Seidenstrümpfe können genossen werden, Gauguins nicht. (Bernheim als taschenspielernder Biologe zu imaginieren.) Die tausend Kleingehirn-Rastas ödester Observanz, welche erigierten Bourgeois-Zeigefingern Ästhetisches servieren (o pastoses Gepinkel!), um Expressionen zu fixen, haben dieserhalb Verwahrlosungen angerichtet, die noch heute manche Dame zu kurz kommen lassen. (Man reflektiere drei Minuten über die Psychose schlecht behandelter Optik; klinisches Symptom, primär: Unterschätzung der Damenseidenstrümpfe; sekundär: Verdauungsbeschwerden.)

2. Was dürfte das erste Gehirn, das auf den Globus geriet, getan haben? Vermutlich erstaunte es über seine Anwesenheit und wußte mit sich und dem schmutzigen Vehikel unter seinen Füßen nichts anzufangen. Inzwischen hat man sich an das Gehirn gewöhnt, indem man es so unwichtig nimmt, daß man es nicht einmal ignoriert, aus sich einen Rasta gemacht (zu unterst: Schaubudenbesitzer; zu oberst: etwa Senatspräsident) und aus der mit Unrecht so beliebten Natur eine Kulisse für ein wahrhaftig sehr starkes Stück. Dieser zweifellos nicht sonderlich heroische Ausweg aus einem immer noch nicht weidlich genug gewürdigten Dilemma ist zwar vollends reizlos geworden, seit er so absehbar ist (wie blöde ist eine Personenwage!), aber eben deshalb sehr geeignet, gewisse Prozeduren vorzunehmen.

3. Auch einem Lokomotivführer fällt es jährlich wenigstens

einmal ein, daß seine Beziehungen zur Lokomotive durchaus nicht zwingend sind und er von seinem Ehgespons nicht viel mehr weiß als nach jener warmen Nacht im Bois. (Hätte ich La Villette genannt oder die Theresienwiese, so wären beide Beziehungen gänzlich illusorisch; Fingerzeig für Habili-tanten: »Über topographische Anatomie, psychischen Luftwechsel und Verwandtes.«) Im Hotel Ronceray oder in Piccadilly kommt es hingegen bereits vor, daß es verteufelt unklar wird, warum man jetzt gerade auf seine Hand glotzt und trillert, sich kratzen hört und seinen Speichel liebt. Diesem scheinbar so friedlichen Exempel ist die Möglichkeit, daß das penetrante Gefühl der Langeweile zu einem Gedanken über ihre Ursache sich emporturnt, am dicksten. Solch ein lieblicher Moment arrangiert den Desperado (o, was für ein Süßer!), der als Prophet, Künstler, Anarchist, Staatsmann etc., kurz als Rasta Unfug treibt.

4. Napoleon, ein doch wirklich tüchtiger Junge, behauptete unverantwortlicher Weise, der wahre Beruf des Menschen sei, den Acker zu bestellen. Wieso? Fiel ein Pflug vom Himmel? Aber ETWAS hat der homo doch mitbekommen, supponiere ich mir eine liebesunterernährte Damenstimme. Nun, jedenfalls nicht das Ackern; und Kräuter und Früchte sind schließlich auch schon damals dagewesen. (Bitte hier bei den deutschen Biogeneten nachzulesen, warum ich Unrecht habe. Es wird jedoch sehr langweilen. Deshalb habe ich recht.) Sohin also: auch Napoleon, der ansonsten sehr erfreulich frische Hemmungslosigkeiten äußerte, war streckenweise Stimmungsathlet. Schade. Sehr schade.

5. ALLES ist nämlich rastaquouèresk, meine lieben Leute. Jeder ist (mehr oder weniger) ein überaus luftiges Gebilde, dieu merci. (Nur nebenbei: 10 Pfennig dem Kühnen, der mir

nachweist, daß etwas letzthin NICHT willkürlich als Norm herumspritzt!) Andernfalls würde übrigens ein epidemisches Krepieren anheben. Diagnose: rabiate Langeweile; oder: panische Resignation; oder: transzendentales Ressentiment etc. (Kann, beliebig fortgesetzt, zum Register sämtlicher unbegabter Zustände erhoben werden.) Der jeweilige landläufige Etat der bewohnten Erdoberfläche ist deshalb lediglich das folgerichtige Resultat einer unerträglich gewordenen Langeweile. Langeweile: nur als harmlosestes Wort. Jeder suche sich die ihm schmackhafteste Vokabel für seine Minderwertigkeit! (Herziges Sujet für ein scharfes Pfänderspiel!)

6. Es ist allgemein bekannt, daß ein Hund keine Hängematte ist; weniger, daß ohne diese zarte Hypothese Malern die Schmierfaust herunterfiele; und überhaupt nicht, daß Interjektionen am treffendsten sind: Weltanschauungen sind Vokabelmischungen ... Sapristi, hier muß die Prozedur ein wenig erweitert werden. (Kleines Bild: leichte Kraneotomie!) Nun: alle Stilisten sind nicht einmal Esel. Denn Stil ist nur eine Verlegenheitsgeste wildester Struktur. Und da Verlegenheit (nach kurzer Beschlafung) als perfekteste Reue über sich selber sich entschält, ist merkbar, daß die Stilisten aus Besorgnis, für Esel gehalten zu werden, um vieles schlechter als diese sich benehmen. (Esel haben nämlich zwei weitaus überragende Eigenschaften: sie sind störrisch und faul.) Der Unterschied zwischen Paul Oskar Höcker, Dostojewskij, Waldemar Bonsels und Wedekind blaut daher lediglich in der Contenance innerhalb der besagten Verlegenheitsgeste. Ob einer in richtig funktionierenden Trochäen oder sonstwie bilderstrotzend (alle Bilder sind plausibel) oder sozusagen expressionistisch mir vorsäuselt, daß ihm übel war, und, seit er es schwarz auf weiß hat, besser wurde, oder, daß ihm zwar wohl war (schau, schau!), aber übel wurde, als er das

nicht mehr begriff (teremtete!): es ist immer dieselbe untereselhafte Anstrengung, aus der Verlegenheit sich ziehen zu wollen, indem man sie (stilisierend, ogottogotto) – GESTALTET. Gräßliches Wort! Das heißt: aus dem Leben, das unwahrscheinlich ist bis in die Fingerspitzen, etwas Wahrscheinliches machen! Über dieses Chaos von Dreck und Rätsel einen erlösenden Himmel stülpen!! Den Menschenmist ordnend durchduften!!! Ich danke ... Gibt es ein idiotischeres Bild als einen (puh) – genial stilisierenden Kopf, der bei dieser Beschäftigung mit sich selbst kokettiert? (Nur nebenbei: meine Gunst dem Tüchtigen, der mir nachweist, daß das Kokettieren bei Ethbolden NICHT stattfindet!) O, über die so überheitere Verlegenheit, die mit einer Verbeugung vor sich selber endet! DESHALB (dieser stilisierten Krümmung wegen) werden Philosophien und Romane erschwitzt, Bilder geschmiert, Plastiken gebosselt, Symphonien hervorgeächzt und Religionen gestartet! Welch ein erschütternder Ehrgeiz, zumal diese eitlen Eseleien durchwegs gründlich (sc. besonders gründlich in mitteleuropäischen Gauen) mißglückt sind! Alles Unfug!!!

7. Die schönste Landschaft, die ich kenne, ist das Café Barratte bei den Pariser Hallen. Aus zwei Gründen. Ich machte daselbst die Bekanntschaft Germaines, die u. a. zischte: *»J' voudrais ben être bonne, si j' savais pourquoi.«* Hämisch gestehe ich es ein: ich erblaßte vor Freude. Und dann hat in diesem freundlichen Lokal Jean Kartopaitès, der sonst nur mit Herren ohne Stehkragen sich einließ, den Verkehr mit mir brüsk abgebrochen, weil ich so unvorsichtig war, den Namen Picasso fallen zu lassen.

8. Ach, die lieben weißen Porzellanteller! Denn ... Nun denn: ehemals wollte man, was man nicht aussprechen zu

können vorgab, also gar nicht hatte, malerisch vermitteln. (Juchhu! Als ob man auch nur eine Vizekönigin fein säuberlich abkonterfeien könnte, wenn man nicht wüßte, daß sie kein Fauteuil ist!) Wohin diese Sudelburschen geraten würden, wenn sie aufhörten, Ölphotos zu wichsen, war somit längst vorabzulächeln. (Hinter die Ohren: mehr Mädchen, bitte, mehr Mädchen!) Aber die Impressionen! Nun: WAS ist erreicht, wenn man nach heftigem Blinzeln sich zurechtbauen kann, daß jener Kartoffelvertilger auch nur eine Kuhe ersah, aber erst so sich vorzublähen vermochte, daß es SEINE Kuhe gewesen sei, eine ganz BESONDERE Kuhe, kurz: DIE Kuh UND erlösend? Teremtete! Aber die Expressionen! Haho: WAS ist erreicht, wenn man gefixt sieht, was ein Adjektiv leistet, und, da es auch diesem bisher mißglückt ist, orientierend zu wirken, also noch ungemalt schon mißglückt wäre? Aber die Kubisten, die Futuristen! Hoppla: die Champions dieser geradezu ultraviolett mißglückten Pinselritte ließen zwar ausblasen, sie würden die (puh!) – liberatio gleichsam von der hohen Stilschaukel herab landen (Trapezritt! Trapezritt! Etwa so: *»Wir werden diese Verlegenheit schon schaukeln!«*), erreichten aber nicht nur, daß nicht einmal ein Chignon ins Schaukeln geriet, sondern vielmehr gerade die wildesten Esel in geregeltem Trapp arrivierten. (O wurfbesprungener Sagot! etc. pp. pp.) Unfug! Unfug!! Unfug!!!

9. Das sub 8 im Grunde bereits für schlecht Erwachsene geredet: Fibelhaftes, außerordentlich Fibelhaftes. Immerhin noch zur Vorsicht zu notieren, meine Kleinen:

a) Plastik: sehr unhandliches Spielzeug, verschärft durch metaphysischen Augenaufschlag.
b) Musike: Pantopon- oder Ero-Ersatz.
(Längst unterfibelhaft!)
c) Lyrik: ein Knabe befindet sich in der Klemme. Rezept:

frage ihn, von welcher er träumt, und du kannst ihm sagen, mit welcher er nicht geschlafen hat. (Selbstverständlich befindet man sich STETS in der Klemme; in der c-Klemme aber hat man sich denn doch nicht mehr zu befinden.)

d) Roman und so: die Leute reden wie am Spieß oder neuerdings überhaupt nicht mehr. Noch ein wenig Schweiß und die Sache glückt: Belletristik! (Am Spieß befindet man sich gar oft. Ein Samuel-Fischer-Band aber ist ein zu langwieriges Mittel, die Luftlinie Syrakus-Butterbrot-Zentralheizung herzustellen.)

e) Drama, Tragödie, Komödie: die Klemme spitzt sich zu, spießt sich und erregt im Publikum die dumpfe Vermutung, daß ein Kino wohl doch das beste zweite Dessert sei (mangels Poussagen).

In summa, meine Kleinen: die Kunst war eine Kinderkrankheit.

10. hat man nie einen Gedanken. Bestenfalls tut der Gedanke so, als ob. (Immer aber sein Einherredner!) Jedes Wort ist eine Blamage, wohlgemerkt. Man bläst immer nur Sätze zirkusähnlichsten Schwunges über Kettenbrücken (oder auch: Pflanzen, Schlüchte, Betten). Günstiger Vorschlag: man figuriere sich vor dem Einschlafen mit heftigster Deutlichkeit den psychischen Endzustand eines Selbsttöters, der durch eine Kugel sich endlich Selbstbewußtsein einloten will. Es gelingt jedoch nur dann, wenn man sich zuvor blamiert. Schwer blamiert. Entsetzlich blamiert. Ganz maßlos blamiert. So grauenhaft blamiert, daß alles mit blamiert ist. Daß jeder metaphorisch auf den Hintern fällt. Und niest.

11. Interjektionen sind am treffendsten. (Ach, die lieben weißen Porzellanteller!) ... Man muß diese Amphibien und

Lurche, die sich für zu gut halten, Esel zu sein, zur Raison bringen. Indem man sie ihnen austreibt. Auspeitscht! Man muß dieses schauderhafte überlebensgroße Ansichtskartenblau, das diese trüben Rastas an den He- Ho- Hu- Ha- (wie bitte?) Himmel hinaufgelogen haben, herunterfetzen. Man muß sein Haupt zag, aber sicher an das des Nachbarn titschen wie an ein faules Ei (gut, gut). Man muß das gänzlich Unbeschreibliche, das durchaus Unaussprechbare so unerträglich nah heranbrüllen, daß kein Hund länger so gescheit daherleben möchte, sondern viel dümmer. Daß alle den Verstand verlieren und ihren Kopf wiederbekommen. Man muß ihnen die Prozente, die Bibelsprüche, die Mädchenbusen, die Pfannkuchen, die Gauguins, die Rotztücher, die Schnäpse, die Strumpfbänder, die Abortdeckel, die Westen, die Wanzen, all das Zeugs, das sie gleichzeitig denken, tun und wälzen, so scharf hinter einander vor den Kinnbogen schieben, daß ihnen endlich so wohl wird, wie ihnen bislang bloß schwappig war. Man muß. Man muß eben. Teremtete!

12. Damenseidenstrümpfe sind unschätzbar. Eine Vizekönigin IST ein Fauteuil. Weltanschauungen sind Vokabelmischungen. Ein Hund IST eine Hängematte. L'art est mort. VIVE LE RASTA!

II

13. Es geht nicht an, von Tyrannei zu plaudern ... Was soll man mit seiner (je nun) – Freiheit, he? Jede Revolution war die sehnsüchtige Empörung nach einer geliebteren Faust (eromasoch). Die Zahl derer, die, kaum majorenn, jede Autorität begrinsen, ist so winzig wie die der Despoten (erosade) beiweitem zu ungenügend. Es gab noch nie eine Revolution. Nur Revolteure. Rastas. Das Jahr 1789 ist das historisch mißhandeltste. Die kompakte Majorität der hungernden Magen krächzte vor dem Versailler Schloß und einmal im Taumel der rauschenden Straßen schlug sie Köpfe herunter. Revolution, he? Die hysterische Rauferei organisch zu kurz Gekommener. Freiheit? Ein gewisser kleiner Wohlstand, ein kleiner gewisser Beruf, die Sicherheit vor Ohrfeigen und das sexuell auf Viertelkost heruntergebrachte Weibchen, an dessen Seite man als Beamten (Soldaten) Fabrik und schlechter Fresser dem Himmel entgegenreifen darf. Pompös! ... Sofern nur dieser kontinuierliche Druck von oben nicht aufhört, das geruhige Wissen, nicht weiter wollen zu brauchen, ist alles, aber auch ALLES in Ordnung ... Es geht nun wirklich nicht mehr an, von Tyrannei zu flöten ...

14. Bessere Empörer haben ja nun freilich gewissermaßen gewaltsame Veränderungen aufgezogen. Wo aber blieb das (ha!) – Gewaltige? (O Sophokles, düsterer Eierhändler!) ... Freiheit! Mein Dasein souverän? Konträr: es ist schwerst passiv, von allen Seiten gepackt. Der große Di-Do-Datterich!!! (Aber doch sehr angenehm ...) Man setze stets das GANZE (inkl. Atem- und Expreßzüge) in Klammern: auch in den nächsthausenden Täuschungsdingen vermag man solcherart sachte zu bestülpen, daß mit dieser eingeklammerten Größe nicht einmal fiktiv zu krebsen ist. Einen Maßstab, ihr

Gemessenen! Ihr Schaluppen von der Willensfreiheit!! Ihr zerebralen Hopser!!! ... Zwischen Zangen (Klatsch) Geburt und exitus hopst man mit dem, womit man hergetan wurde, teils keß, teils trüb auf und nieder; man hopst (ja, ja) – geistige Erziehung, sexuelle Aufklärung (wie wärs mit der der Erwachsenen, etwa?) und ähnliche grandiose Albernheiten; und man hopst auch (huch nein!) – Freiheit, Willensfreiheit ... Klammerfatzken!!!

15. Diese Halunken, als da sind geschlossene Persönlichkeiten, schwer arbeitende Arrivisten etc. stoßen, selbst wenn sie es zu stupend-stupider Einseitigkeit bringen, bestenfalls ein Löchelchen (meistgefragter Schüfftsteller) in irgendeine Reihe (Gummiball), die sich jedoch rasch wieder auffüllt, weil die Anderen, die luftici, die so vielseitig sind und fix, daß sie windrosenhaft stupsen *(»Blasen Sie Bukarest senkrecht an!«)*, weitaus in der Überzahl sind. Sehr erfreulicher Weise. Anziehende oder abstoßende Köpfe? Die Nasen, die sie tragen, stoßen ab oder ziehen an. Mithin gibt es schwerlich idiotischere Optimisten als Ri-Ra-Revolutionäre (jede Naht ein dicker Dreher!). Golgatha war ein Kinderspiel, verglichen mit jener Pleite, welche da jüngst Mitteleuropa das Antlitz deformierte ... Erfahrung? Die lange Nase, mit der man stets abzieht, so man nicht spontan darauf ausging, zum Vergnügen sich selber eine zu drehen. Siehe immerhin, schlimm be-dachter Jüngling, jenes leise Grinsen, das Personen (sogar Gustl Pufke; und naturgemäß Thomas Mann), die Erfolg hatten (stattgehabte Nasführung), in ihrer näheren Umgebung zu sichten in der Lage sind.

16. Nur hereinspaziert, meine Herrschaften! Nur hereinspaziert! Was Sie noch nie gesehen haben, werden Sie zwar auch hier nicht sehen, aber eine Menagerie, die sich gewaschen

hat. Sie HAT sich gewaschen! Hallo: . . . Einer, der die lächerlich-positive Geschäftigkeit der Trübsten als Anregung benützt, steht auf und propheteit ein Gott-System, indem er das jederzeit suggestiv anzuseilende Gehirn in der Schlinge einer gänzlich unbeweisbaren Grund-Behauptung (Axiom, Idee, a priori-Satz etc. pp. Unfug) einfängt, um die verzweifelte Qual der eigenen Langeweile verstummen zu machen. Es kitzelt, macht überhaupt Vergnügen und ist derart beschämend für das Publikum, daß man sich ach so sehr vorkommt . . . Ein Anderer schöpft ein dickes Buch über die letzten (bum!) – Fragen und serviert mit unwiedergebbarer Stirn (man faßt sich an die Hüften) – Lösungen, tja . . . Ein Anderer ärgert sich darüber, wird (ob der Unlösbarkeit weniger als der blamablen Situation) rabiat und Propagandeur der fuchswilden Tat: immerhin ergötzlicher Typ des Denkfiaskos; er verwendet das Sinnlos-Reale sinnlos-real (lieber Ravachol!) . . . Wieder einer dichtet direkt oder musiziert etc. pp. Unfug und will die Sudate seiner peinlichsten Zustände als Vor- oder gar Erlösungen bestaunt wissen. Hinweg . . .! Einer endlich eisenbahnkutschiert über den Kontinent, ist je nach Bedarf Graf oder Einbrecher, Schieber oder Diplomat, Hazardeur oder Heiratsschwindler, Kuppler oder Regierungsrat, da allein diese vielseitige Tätigkeit sein ganz enormes Zerstreuungsbedürfnis befriedigt (Manolescu, Charles de Hoffmann, je vous salue!). Ist er SEHR begabt, wird er Staatsmann und sperrt den Dieb ein und köpft den Mörder, da es nicht durchführbar ist, sporadisch zu gestatten, woauf en masse der ganze Schwindel angelegt ist. Einmal aber im Besitz der Macht, erhebt er sie flugs zum Axiom und glaubt nach etlichen Minuten selbst daran, da es so überaus abwechslungsreich ist, unter dem Vorwand, die auf der Flucht vor der Langeweile konsumierten Gewalttaten zu bestrafen, sie zu organisieren. Er stellt ehemalige Kollegen, welchen er jetzt nachstellen läßt, wenn er sie ohne Anstellung schieben sieht, auf Gesandtschaftsposten; zapft den (Mut) – Künstler in Fibeln ab, in die er zwar hineingehört, allwo aber das Zart-Verblödete jeder guten (juchhu!) – Dichtung (die schlechten sind besser) nicht so zur Geltung kommt, wenngleich die ganze Geschichte nun doch noch einen Zweck erhält; und präpariert die Köpfe vollends zum langeweile-fortheuchelnden Positivisme, indem er der – Kirche auf die Schulter klopft, wenn sie Jesus, der als Erz-Jesuit sonst zu verheerend würde, zum Katechismus (Ruderverein) umbiegt... Und siehe: Gestank kommt in die Welt und wird immer dicker. Selbstverständliches (das hold Unselbstverständliche) hört auf, es zu sein. Unselbstverständliches (das angekurbelt Unselbstverständliche) wird Pflicht. (Diese: die Summe der Frechheiten, die jener Spitzbube sich herauszunehmen die – Trucs hat!) Aber das nicht zu bannende Gespenst der Langeweile steilt weiß hinter allem und fängt sich endlich mit einem kurzen Griff die ganze Bande: der Staatsmann klingelt, der Vorhang geht auf...

17. Krieg! C'est la guerre! Nur hereinspaziert, meine Herrschaften! Nur hereinspaziert!... Die Leute rennen durcheinander, verwirrt, erschreckt, entsetzt. Wo ist ein Halt? Ein Punkt? Ein Zweck? Ein Sinn?... Sie wissen eben nicht, die lieben Leute, wozu sie eigentlich da sind, was war und werden soll, und selbst die unterstellte Überlegung, daß sie dem Privattreiben einzelner höchster Gauner dienen, vermöchte daran nichts zu ändern; auch nicht das Wissen darum, daß die Regisseure ihres Schlachtfeldtodes dieses Schauspiel lediglich inszenieren, weil auch sie sich langweilen. Die Mehrzahl wird nicht deshalb Schießer, weil sie die Aufmachung nicht durchschaut, sondern weil sie sie als (hoho!) – Sensation benützt... Zudem ist das Arrangement gut. Die Jour-

nale schreien hurrah und telephonieren mit den Ministerien wegen der Motivierungs-Phraseologie. Musik wankt herauf und ersäuft jede Änderung. Großartige Reden werden auskalkuliert, historisch wertvoll gefeilt und in die bereits besoffene Menge geträufelt, Hochämter inseriert und der liebe Gott wird persönlich bemüht, das Schlachten zu protegieren. Und alsbald, nach dieser vorzüglich angelegten Reklame, platzen die ersten Granaten. Der Bursche in seiner Loge hat sein Spektakel, die Bevölkerung einen blutigen Zeitvertreib und der stramme Tod, der einzig wirklich Erfolgreiche, knickst vor der Langeweile, die nach dem ersten Akt Zuschauer und Akteure unweigerlich wieder befällt ... Halt: sie sind jetzt dabei, (o, o, o) – Ri-Ra-Republikaner zu werden, um für Industrie- und andere Rastas zu schuften. Wenn sie aber all das auch durchschauten und endlich die völlige persönliche Verfügung über sich erhielten, stünden sie letzthin vor der Wahl zwischen der erschrecklichsten Langeweile oder ... (Ich konzipiere die gelbe Garde der letzten Wut ...)

18. Die so beliebte Unterscheidung zwischen Kultur und Zivilisation bricht in dieser netten Perspektive an der Größe des Bedürfnisses, sich zu betäuben (zu trillern) ... O, über die sogenannten Aufregungen des Denkens! Nichts weiter als derart maßlos gesteigerte Exzesse der Langeweile, daß manch einer sich einzubilden imstande war, er langweile sich nicht. In Wirklichkeit aber langweilt man sich in diesen Stunden am krampfhaftesten. Ich halte es für sehr wahrscheinlich, daß alle (on m'excuse) – Genies der Weltgeschichte sich das eingestanden, vorsichtiger Weise aber verschwiegen haben. Keiner noch hat auf diese allerübelste Mentalreservation zu verzichten vermocht. Der Grund ist freilich ebenso plausibel wie jämmerlich: kein Kutscher wird den noch bewundern, der die Größe seiner Gedanken ver-

neint, indem er zugibt, daß sie Krampfzustände sind. Hätte nicht aber diese trottelhafte Eitelkeitsbewichsung jene Hosenträger auf die Dauer einmal so unerträglich langweilen müssen, daß ...? Vermutlich war ihnen jahrelanges angestrengtes Japsen irgendeiner Madame gegenüber mehr vonnöten als vor sich selbst ein rechtschaffener Exzeß nach unten, (von wo es, glaubt es mir, straffer zusammengeht als anderswie)... Welch primitive Hochstapelei! Alle starben sie mit der reservatio ihrer Größe (pfui Teufel!) auf den letztwortig arrangierten Lippen. Auch Voltaire und Montaigne. Pfui Teufel!... (Man muß weder Kant gelesen haben noch Nietzsche: es genügt, sich an einem Satz das Kotzen geholt zu haben...)

19. Nein, es ist NICHT wahrscheinlich. Diese Jammerwesten haben es sich NICHT eingestanden. Hat man WIRKLICH, auch nur EINMAL, diese fürchterliche Öde um einen (man halte mich!) – großen Gedanken erlebt, diese grenzenlose Langeweile, die von ihm ausgeht, dann KANN man nicht anders: man löst seinen Krampf und – wütet um sich, gegen sich ...

20. lob ich mir den Asiaten. Er lebt für nichts und wieder nichts; allenfalls für sein dolce f. n., das nur der einfache Ausdruck für die erfreuliche Absicht ist, sich nicht zu bemerken. Ein erhabener Faulenzer! (Der Europäer lebt manchmal für ein Tuskulum, in dem es dann wieder weidlich bunt zugeht, also sehr langweilig.) Deshalb hat der Asiate auch keine Ki- Ka- Kunst und ist kein soignierter Räuber G. m. b. H., der in Geschäftsbriefen die Klassiker zitiert (der Glaubensdränger). Ich habe einmal in einem kleinen Café in Genf einen Inder gesehen, der einen ganzen Nachmittag lang, bewegungslos geradeaus glotzend, dasaß. Es war, als ob er mit offenen Augen schliefe (gut, gut)... Wie ekelerre-

gend wird von hier aus die knüllige Ambition der Geistportiers, gute Europäer zu sein. Globe-Trottel! Glaube-Trottel!!

21. Bitte nur kein orientiertes Wimpernklimpern! Kein begeistertes Lippenbeißen! Jeder Enthusiasmus ist prekär: das peinliche Eingeständnis, daß man es nicht besser machen kann und AUCH nichts weiß. Deshalb sollen für schärfere Ohren zusammenhängende Begründungen (auch die unzusammenhängenden, die ja doch zusammenhängen) keine aufmunternde Wirkung ausüben ... Je nun, von den vielen Wegen, die zu nichts führen, sind immerhin die am angenehmsten, an denen Einfälle brechreizvoller Art so lose lungern, daß sie besonders neugierig machen. Man torkelt ihnen zu, ändert ihnen zuliebe seinen ohnehin gleichgültigen Gedankentroll und findet, wenn auch keine metaphysischen Knallerbsen, so doch – schöne Oberschenkel ... Dreck, steifen Dreck in eure Nasen, ihr Klammerfatzken! ... (Begreiflicher Weise hoffe ich, daß diese Denkquasten, die auf den miserabelsten Unterleibern logieren, es hören werden. Ohne Publikum macht der bestgebaute Fluch nicht das geringste Vergnügen ...)

22. Oberschenkel sind kapital. Kriege allerschwerste Durchfälle. Die Freiheit ist ein Lunapark. Der Friede DIE Katastrophe.

III

23. Typischer Zug alles bourgeoisen Gesindels: der Gefahr, die seinem Selbstbewußtsein durch Andere droht, die Größe zu nehmen, indem es – verdächtigt. Minimalform: wer stolz, hochmütig, frech sei, der sei ... (sc.: offen selbstbewußt!); Maximalform: wer bescheiden sei, schüchtern, demütig, sei ... (sc.: versteckt selbstbewußt!) ... Süße, süße Mi! ... In beiden Fällen: sie sind immer gegen das Selbstbewußtsein, da sie nur so sich beibringen können, die Nichtberechtigung dieser Eigenschaft in sich als Vorzug zu buchen. Der Ochse verdächtigt zu diesem Behufe. Der Ochse! Wüßte er wirklich niedlich zu verdächtigen: müßten ihm nicht die Hoden wieder wachsen? (Sie müßten!) ... Naturellement: es gibt gar kein Selbstbewußtsein. Das echte: keines zu haben. Die Tragödie par excellence (o là là): – die Groteske ... O, vermöchte ich nur einmal drei leichte Viertelstunden lang die Dinge wie ein Sachse anzuspringen! Ich wollte zum Dank (nun, nun) – Psychologe werden und mit den Geyern aasen ... Kurz: man braucht endgültig keine Glasblicke mehr in die Historie zurückzubefördern. In die He- Ho- Hu- Ha- (aha) Hysterie aber seien zum Abrutsch etwaiger sachlich noch vindizierter Fähigkeiten etliche Speibische vorgehirzt (der Schluck um die Axe) ...

24. Süße, süße Mi! Du rhapsodiertest einst (Robe von schwarzem Barège) zwischen Evening Glory Fizz, mir und vier Uhr nachm. (schooooon) also: *»Bah, bereits allerlei geruckst, bah, ist man höflich, läßt den Geld- oder sonstwie den boy gelten, schtrupps wird der Vogel arrogant, hat sogar recht, wenn er jeden, der vor ihm Respekt begeht, für saudumm hält, bah, ist man hingegen nun – zugeknöpft, loblos (nett, pas?) oder auch nur nachsichtig, so dasselbe Resultat in*

ultramarin, diesmal aber, weil der boy MICH *für arrogant hält, dieweil mir doch, du weißt es ja, du Schuft, wahrhaftig nur der Fizz wichtig ist und manchmal deine unglaubliche Schulterhaltung etc. na ja, bah, ich habe jedoch einen glatt engelhaften Spitzki ausgeknofelt, reüssiert orienthaft und ist überhaupt das Beste, was gegenwärtig auf diesem Gebiete, ich sage nämlich jedem genau dasselbe, was ich* SOEBEN *dir sagte, und das von jetzt eben sage ich* AUCH *jedem und* DAS *auch und* DAS AUCH, *das auch, das auch, das auch, Blödsinn ... und jeder fast, aber immer wenigstens erschüttert, wird benützbar und banknotennettest, bitte ...«* Süße, süße Mi! Elle a un savon à la place du coeur ... die apokalyptische Hure ... je me tais ...

25. kann man so ausdruckslos vor sich hinglotzen, daß es siegesgewiß wirkt. O, es ist schwer. Zur Skala: auf Mißtrauen springt Haß, auf Haß Mißtrauen, bis man es nicht länger aushält und sich einredet, einander zu lieben. Letzter psychischer Bauchaufschwung der (gewiß, gewiß) – Ohnmacht. Glotzt man aber ... Man müßte konstant mit einer Verbeugung im Blick (oder in der Stimme) arbeiten. Supponiert, daß es verkehrstechnisch ausführbar wäre, zöge es sicherlich am Ende eine Verbalinjurie nach sich (oder schädliche innere Sekretionen). O, es ist schwer ... (Theoretisch ist der Globale längst verboten; daß er praktisch noch grast, ist ebenso unerklärlich wie jenes Verbot.)

26. Als ich eines Tages auf dem Kottbuser Friedhof wahrnahm, daß Trauer nur das schmerzhaft-intensive Bestreben ist, sich zu verbergen, daß sie nicht vorhanden ist, beschloß ich:

1. nurmehr Postkarten zu schreiben,
2. für alle mir applizierten Leistungen Honorare einzuwatschen,

3. mich tunlichst oft (wie es so schön im Liede heißt) – zu erniedrigen,
4. außerdem stets, frischester Wäsche angetan, zu brillieren und
5. keine einzige Frage (da jede unweigerlich stur) und keine einzige Antwort (da jede schlechtweg dement) jemals wieder zu effektuieren.

Konsekutiv hätte ich beinahe geheiratet. Im letzten Augenblick aber gelang es mir, eine Postkarte zu vergessen. Sodaß Punkt 1 nunmehr lautet:

1. nur Postkarten geschrieben zu haben nicht einmal mehr behaupten.

Dies das Geheimnis meiner so oft schon bestaunten Sicherheit im Umgang mit Kellnern, Witwen und Kommerzienräten.

27. Haben Sie schon einmal eine Wasserleiche gesehen? Noch nicht? Dann hüten Sie sich, schüchtern zu sein. Ihr Vis-à-Wüterich, der sich bekanntlich ebenfalls nicht auskennt, hielte sich augenblicks für durchaus maßgebend, ... wenn Sie noch keine Wasserleiche gesehen haben. Tja, Schüchternheit ist (wie jeder aufrichtige Zustand) leider unschulterbar, unverkeschbar. Der Kerl, der sich bei ihrem fortgesetzten Anblick schließlich bereits so heftig mit seinen Fingernägeln beschäftigt, daß man ihm die Maniküre ernstlich nicht mehr zu glauben beginnt, hält diesen Gipfel von (och!) – Selbstgenuß nicht mehr aus und bekommt plötzlich einen Anfall: ... aus der friedlichsten Kaffeehaus- oder Stubenaura faxt eine aberwitzige Frechheit, eine dolle Geste, ein fescher Tonfall. Wenn nun Sie nicht mit einem ähnlich gearbeiteten Anfall nachzufaxen den Schnellblick aufbrachten, dreht sich die ganze Chose: nun halten SIE sich für durchaus maßgebend, WEIL Sie noch keine Wasserleiche gesehen ha-

ben ... Bei einiger Gestuftheit der beiden Hirnparteien ist ein langes, sehr kotziges Jeuchen zu prognostizieren ... Je nun: lernen Sie das hohe Idiom beherrschen! ...

28. Die letzte Enttäuschung? Wenn die Illusion, illusionsfrei zu sein, als solche sich herausstellt. (Schwülstes Eitelkeitsmanöver: sich dümmer und schlechter stellen, als man sein möchte, um der Eitelkeit zu fröhnen, nicht eitel zu sein. Mißlingt gräßlich.) ... Der Gipfel der Naivetät? Wenn jemand mit einem Schlag die (ogottogotto) – Wahrheit erfahren will. (Schließlich ist aber eine Ohrfeige doch nur ein verzweifelter Annäherungsversuch. Auch wirken unechte Tränen oft echter als – unechte.) ... Zwei Scherzfragen? Nicht doch. Zwei Bracelets.

29. Eine vorzügliche Zigarette durchaus erforderlich ... Sämtliche Symptome des schlechten Gewissens (bim!), der Schuld (bam!), wie tiefes Erröten, Erbleichen, Stottern, unsteter Blick, Zwang zum Sprechen von dem, was verrät, etc. pp. Quatsch treten, wenn die Sensibilität (Mangel an Beherrschung des hohen Idioms) einen sehr großen Grad erreicht, lediglich auf Grund dieser Sensibilität ein, welche sie zu den augenblicks erkannten Möglichkeiten so schnell antizipiert, daß sie sich ihrer faktisch nicht mehr zu erwehren vermag (oder dies gar nicht mehr mag: DER Zustand ...) ... Dieses längere Satzgebilde dem ohnedies schon überstattlichen Bankrutt der Psychologie so leichthin noch nachgespien! (»Nachbarin, Euer Knie!«)

30. Fast alle, die schweigend sehr gefallen, erregen Ekel, wenn sie sprechen. Nichts habe ich darum ehemals in (sonderlich: in guter) Gesellschaft häufiger getan, als einen Päan auf alles Gelichter geprasselt. (Größeren Teils, um aufzufal-

len: der obige Ekel ersoff sehr rasch in wohligen Eitelkeitswogen.) . . . Außerdem: der Umgang mit Staatsangehörigen ist ja doch nur eine sinnlose Anstrengung. Jede Annäherung ist an sich bereits blamabel (die energeile exkl.); jede Geselligkeit dto. Deren Extrakt: sich die (pst! pst!) – Bildung abhören und die Vorbehalte ablausen. O, was wäre eine Grand Hotel-Hall ohne Vorbehalte! Entsetzlich! Was ein Vorbehalt ohne Hall! Eine fixe Idee. Eine (amüsantenfalls) vergeblich fixe . . . (fix! fix!) . . . Wer die Gaya Afrania, die dem Prätor auf dem Forum den Hintern zeigte, JETZT noch nicht begreift, der . . . ach was: der Schluck um die Axe!

31. *Its a long way to Tipperary.* Sicherlich. Denn genau bedacht: Psychologie ist ein Handicap. Jede Regel hat ihre Ausnahme, zweifellos. Also regelmäßig. Deshalb höchste Vorsicht: jede Regel ist als Ausnahme zu setzen, denn die Regel ist die Ausnahme. (Wichtige Regel!) . . . Es gibt nur relative Feststellungen von relativen Zusammenhängen. Und auch die gibt es nicht. Psychiater und Untersuchungsrichter sind au fond unterbliebene Billetteure (Wanderzirkus), da jedes (o là là!) – psychologische Urteil eine von dem Beurteilten bestellte Arbeit ist, die nur deshalb so selten gefällt, weil infolge der Unkenntnis des Beurteilten von sich selbst der Auftrag ungenau aufgegeben wurde. Die besten Urteile werden erwiesenermaßen am schlechtesten aufgegeben, die schlechten am besten. (Die kernlosen Früchtchen sind die süßesten. O, die lieben erwerblosen Visagen!) Erwiesenermaßen: die geradezu rasante Verschiedenartigkeit der Urteile über (ha!) – schlechte Menschen. (Die über gute sind immer richtig.) Unterbeweis: die Urteile interessieren die Jungens erst, wenn sie sie hören; die Edelknaben jedoch bereits, wenn noch gar nichts (kusch!) – aufgegeben wurde . . . Jeder Rat ist ja nun eine schlankweg letale Angelegenheit; aber so

nebenhin: schlechte Urteile über sich zu verabfolgen, die immerhin aufrichtigste Art, den guten, die auch falsch sind, aus dem Weg zu gehen. Tant de bruit pour une – occasion perdue? ... Manchmal hilft jedoch gar nichts: weder das Kontra- noch das Mitgrinsen. Sie trauen einem doch. Ach, wo ist das Publikum für GANZ schwere Jungens? Ich bin so eng geworden und sprottig ...

32. Mö- Möglichkeiten des Umgangs. Mann und Weib (Dame): bestenfalls coitus; minderenfalls Beischlafähnliches; schlimmstenfalls erotisches Hokuspokus (Konversatorisches!), dem das Adjektiv »pausal« (gebrechens; oder: siehe St. G. B.) angeschmissen werden muß. Mann (Herr) und Mann: bestenfalls schätzt man den gegenüber befindlichen Lippenschwung und schweigt (oder hochidiomt) matt an den Wangen vorbei; minderenfalls setzt es eine stahldünne Rauferei, nach welchem zweifelhaften Zeitvertreib jeder geübt die Achseln senkt und Sieg oder Niederlage und sich und den Anderen und alles ablehnt und kurz und gut (nicht gut!); schlimmstenfalls produziert man Bügelfalten auf der Stirn und überhaupt Wichtiges und Formvollendetes, kurz, man tratscht (lieber Sotades!) ... Der Schluck um die Axe! ... In der französischen Provinz Haute Garonne, an der spanischen Grenze, ist die Fabrikation von Mißgeburten noch heute die einheimische Industrie (das Stück Krüppel zu 50 bis 60 Frs.). Dieser Erwerbszweig würde straks verschwinden, wenn infolge der soeben erwähnten schlimmsten Fälle, welche leider durchweg dominieren, das Mitleid nicht eingeführt worden wäre ... *»Aber die echten Krüppel?«* Nun, man interessiere sich, wenn man schon durchaus ... wieder für Hegel, den Pazifismus und die eventuelle Vernichtung mißlungener Babys ... ICH ziehe Damen vor!!!

33. Es gibt Tage, wo jeder ein dummes Gesicht macht. Und Nächte, wo das dümmste noch zu bedeutend aussieht. Und es gibt Wochen und Monate und Jahre und ... Durchblasenste Vokabeln, lockerste Pausen, die herausgestreckte Zunge, die lange Nase u. a. sind darum sehr erleichternde Verkehrsgriffe; umso mehr, als ja doch jede Situation in jeder Hinsicht unhaltbar ist. Man lasse diese lieben Gesten zart ins Irre hinüberspielen (DIES das hohe Idiom!) und man wird erstaunt sein, wie vortrefflich sich alles abwickelt ... Und da man, lediglich leidenschaftlich (sozusagen) drauflosredend, ALLE Beziehungen zwischen Personen sprengen kann (sie sind IMMER Konstruktionen!), bietet es zudem ein gesundes Palliativ. Apropos: unter einander lebt man bekanntlich (sofern man nicht ...) stets in einem meist selbst und oft sehr fein gesponnenen Netz (konjugale Paranoia; Juan Suvarin und seine Narva); allein in einem noch weitaus feineren (sofern man nicht ...) ... Man beginne doch endlich, gegen sich selber aufzutreten! Man beginne!! Man ...!!! (Ich spucke schon längst in stillen Stunden mir selbst aufs Haupt ... Ach, ich pfeife auf ... – ... Ja, worauf ...?)

34. Damen sind besinnungslos vorzuziehen. Jede Regel ist eine Ausnahme. Psychologie ein Handicap. Der Schluck um die Axe: der Pfiff aufs Ganze.

IV

35. Cartesius und Swift liebten, es ist notorisch, das Schielen. Chapeau bas! (Immerhin . . .)

36. Die größte Sicherheit im Umgang projiziert, wer von der restlosen Unsicherheit aller sich überzeugt und darum die Nase voll hat. Die weiteste Bewußtheit (Patent Oil Urinoir) ist lediglich die letzte Unsicherheit, die der vorletzten aber als Sicherheit imponiert. Die letzte Unsicherheit, als[o] solche durchaus erschmeckt: DIE Sicherheit (der scharfe Wupptich). Daher ist alles Verstellung, da alles unsicher ist (rastaquouèresk). Hinzu: wem war es noch nicht, wenn er weinte, als löge er, wenn er lächelte, als verbärge er sich, und wenn er seine Visage vergaß, als verriete er sich, he? Alle Mimik (das kleine Gelotter): – Verstellung . . . Die Kamele glauben an ihre Maske. Die, welche sie bemerken, entdecken, daß sie sich bereits verstellen, wenn sie bloß den Mund aufmachen. Wohlgemerkt: am besten verstellt man sich, wenn man den Mund hält UND die Mimik (das große Gelotter) . . . Natürlichkeit (tschuck tschuck prä prä) fällt leider in die holden Gefilde des Unbewußten; trotzdem ist sie ein Kriterium für die Oberlehrer geworden, die als Vorzug preisen, was allerdings natürlich ist; anders aber: ein Söhnchen ist heute natürlich, wenn es nicht merkt, daß sein Hersteller ein Kamel ist . . . Klapprand: die sogenannten Sicheren werden unweigerlich unsicher, wenn der Schein gegen sie ist; wenn nur jenes beschienen ist, was für den anderen spricht, das aber unbeschienen bleibt, was gegen den anderen spräche und oft auch gegen das, was jetzt für den anderen spricht (shut up!). Da es aber weder Schein noch Sicherheit gibt, bleibt das einzig probate Mittel, nicht unsicher zu werden: gar nicht erst sicher sein zu wollen . . . Den Daumen auf der Schulter,

fixiere man die Stelle der linken Brustwarze (etwa) seines Gegenüber, das Nasenbein oder die Achselgegend und gebe auch sonst nicht nach. Unter keinen Umständen. Das genügt.

37. Ernst kann derart heftig hingelegt werden, daß das Opfer (Nichtwieher) außerstande ist, wahrzunehmen, wie der vis-à-vis befindliche Gauch sich längst innerlich zärtlich die Hände reibt. Das Bedürfnis, aus seinem gegenwärtigen Zustand (Platzangst + Silbenkoller) heraus- und in seinen richtigen (Piephahn gewissermaßen) hineinzuspringen, hat es in diesem Moment am feuchtesten. Dies beweist sehr hübsch, wie (tja) – hintendurch man bei sich selber gelangen kann, wenn man noch keine ergebnisvollen inneren Schwerst-Razzias abgehalten hat. Denn anfangs überschätzt sich jeder Flaneur und ein Schärferer (Wupptich) hält sich stets so lange für DAS Genie, als er noch nicht beschnalzt hat, daß es nur das Talent ist, berühmt zu werden. Hierauf aber débauchiert er rasch (raté), beschränkt seine Fixigkeit, aus An-Deutungen fruktifizierbaren Sums zu machen (Talent), auf seinen Privatbetrieb (Central 1098), wird, wenn er Pech hat, trotzdem berühmt und füllt seine Mußestunden damit aus, vor einem Handspiegelchen zu – wiehern ... *(Un oeil dit merde à l'autre.)*

38. Halt, wie ist das mit der Dämonie? ... Gemach. Der wilde Mann steigt nämlich vom Mißtrauen gegen sich selber zur konstanten Belauerung seiner Sätze auf und endlich gewahrt er, daß er sich zu allem entschließen kann. Er muß sich nur dazu entschließen. Und schon ist der Bursche dämonisch. Was das wilde Weib betrifft, so – liegt es beiweitem gehrer: vergnügt-verwundert im Anfang über die genußreichen Hergaben des Körpers, baldhin entzückt von dessen

enormen (raptisch) – Hochspannungen (biegt es sich gertenhaft zwischen Scheitel und Zehen ... es jauchzt!) und letztlich dieserhalb wild entschlossen, ALLES zu versuchen ... Und schon ist die Gans dämonisch. (Anmerkung für Zurückgebliebene: jeder wirkt in allem was er tut, unvermeidlich aber ein wenig, kokett; deshalb allein setzt nicht jeder Willensakt sofort in blechernstes Erstaunen. Aber an Dämonie zu glauben ist deshalb noch kein Anlaß vorhanden.)

39. bin ich, seit ich weiß, daß es Graphologen gibt, insoferne zuversichtlicher geworden, als ich wieder ein klein wenig Vertrauen zu Brückengeländern gefaßt habe ... Effekt eines Briefes auf das kleine Gelotter: kindisch, lächerlich; auf das große: kaffrig, skurril. Die (sehr geehrte) Handschrift ist das unzutreffendste Zeichen, das ein Kauz von sich geben kann. (Und da es überhaupt keine zutreffenden gibt, so ... na!) ... Mit den primitiven Schlüssen (Barbara), die sie zuläßt, ist nichts geholt (alles NUR Barbaraien!): Kinderhandschriften sind die gefährlichsten. Und was die gestuften Schlüsse betrifft (wienerwerkstättephantasmagorr): man fällt auf dem Umweg über die eigene schmeichelhafte Suggestion hinein. Hinein. Jede (ä!) – Handschrift ist für den, dem sie etwas sagt, eine gelungene Mystifikation ... Am Ende fällt man stets hinein. Stets. Hinein.

40. Und immer noch gibt es (krrr!) – Hälse, denen die nicht gerade schlechte Meinung vom Nebenhals gerade gut genug ist. Stümper! Ich habe laut stets die schlechteste, tatsächlich aber gar keine. Deshalb blüht mir alles zum Hals heraus ... Jeder ist von stürmischer Leere! Jeder! Warum durch eine Meinung etwas hineinstopfen, ihr Hoxschwipplinge von der Füllung? Sie gröhlen, sie hätten Fülle, wenn sie sich gefüllt haben. Füllung, bloß Füllung! Freilich: Chamäleons (Job-

berkiele) sind die vorderste Hintertreppe; aber: so seid doch leer, so leer, wie ihr seid! Es ist überdies weitaus angenehmer: alles wird leichter, lockerer, voran der Herr selber... Wer weiß es noch nicht: je leichter, je lockerer einer ist, desto aufrichtiger ist er; da er sich noch nichts Fixes vorgemacht hat, ist es leicht, ihn aufzufüllen. Aber, ihr Halunken, es kommt die Minute (zumindest), wo seine Hüften sich biegen. Dieses tibetanischen Gelächters Berstkraft: Vormacher, Unter-sich-macher, Leimsieder, die ihr euch auskennt, eure Haut platzt. Und siehe, sie war aufgeblasen ... Deshalb blüht mir längst alles zum Hals heraus!

41. *»Ich durchschaue Sie!«* – Von diesem Augenblick an war mein Mißtrauen geschwunden: der Knabe langweilte mich... Ach, welch eine Wohltat ist für manche, die es bereits verlernt haben, schlichte Konversationen wieder für die allein bedrohlichen zu halten, ein schlecht ausgejäteter Bowist! (Überdies, wenn er seine Lackschuhe liebkost.) Ist es ein Trost, zu wissen, daß es immerhin noch unnütze Mitglieder der menschlichen Gesellschaft gibt? Nein. Trotz allem. Denn auch sie blicken gelegentlich mit Genuß feucht. Auch sie leben zwischen butterweicher Erotik und Hirnquark so einher, daß die ausgewaschenste Dämonin streckenweise doch an ihrer Haltung irre wird. (Dieses DAS Verbrechen!) O, und ein Malheur ist so aufmunternd! Drum, man schätze den Bowist und liebkose und beirre jede Haltung so lange, bis die hergestellte, die von dem holden Umstand lebt, keine zu sein, nicht mehr zu beirren ist. Dessenungeachtet bewahre man den Satz Napoleons, den er äußerte, als man ihm seine ägyptische Proklamation wieder zu lesen gab (*»Das ist ein bißchen marktschreierisch!«* – eigene Worte des vortrefflichen Mannes), nicht vielleicht als geistigen Unterstand auf, da man erst, wenn es gelungen sein wird, mit seiner eigenen

Prostata ins Gespräch zu kommen, irgendeiner deutlicheren Orientierung zuteil werden dürfte. Bis dahin bleibt die einzig wahrhaft würdige Lage des Menschen, in effigie, aber konstant auf seinem komischesten Körperteil zu liegen und dadurch gegenüber dem darüber befindlichen Sternhimmel weitaus erschütternder zu wirken.

42. ist eine Anspielung (definitorisch beäugt) eine heimtükkisch herangeschobene Vermutung, die niederträchtig (aber doch unverwendbar oft) wehrlos macht; es sei denn ... Geht man auf sie nicht ein, gilt man als dumm, oder bestätigt sie eben durch das Ignorieren; geht man auf sie ein, gilt man gleichfalls als dumm, weil man sie durch das Daraufeingehen bestätigte, oder man erhält sie eben deshalb lächelnd zurück, da ja doch gar keine Anspielung erfolgt, man vielmehr überfeinhörig sei ... Es sei denn, man beschuldigt den Anspieler augenblicklich eines sträflichen Verhältnisses mit einem angewärmten Rindslendenstück. Fabelhafter Erfolg.

43. *»A-a-a-aber die Liebe?«* Der Sentimentale (Mousta-Schale) macht aus einer Gans einen Schwan. (Das ist die Liebe.) Und dies, dieweil er doch nur SICH am deutlichsten empfindet. Der andere (der Kontemplatte) bekommt (hastenichjesehn) – Gedanken und schreibt sie seiner Ida zu ... Erotik? Sexualersatz. Der Instinkt ist heiß, das Knie ist kalt. Das Hirn erbarmt sich und macht den müden Nerven Vorstellungen. Bestes Theater ... Die Geistportiers, welche derzeit in Mitteleuropa mit der Stiltrompete grassieren, geben tonschwer von sich, man habe spätestens mit Dreißig mit seiner Erotik fertig zu sein. Was restiert? Der Jeist, he? Halunken! Aber man besehe sich ihre Damen! ... Mimikri ... Auch diejenigen mit dem strahlenden Blick erreichen ihn nur dadurch, daß sie die komische Geduld aufbringen, sich unent-

wegt zu bemühen, ihm (hopp!) – Tiefe abzugewinnen. Zwar macht ohnehin jede Frau sich über den Gestalter (Mimikrist), der sie ehelichte, lustig; aber auch die, welche den strahlenden Blick ins Bett bekam, läuft nicht unblamiert gelegentlich allein herum: »*Es ist doch ganz gleichgültig, wie oft ein Mann* . . .« (Madame rötet sich!) ». . . *das sagt auch mein Mann, ja.*« Nur ER sagt es, ma pauvre; denn keine Frau sagt, was sie denkt, sondern nur, was ihr einfällt, und das ist von ihrem Mann (wie?) . . . Wie leicht ist es doch, eine Frau davon zu (hm) – überzeugen, daß die Sexualität das einzig Sichere ist! Und wie schwierig, sie ihr verächtlich zu machen! Daß dies dennoch, auch heute, geschieht: die Männchen sind genötigt, sich etwas Geist anzuschaffen, damit die Zeit vergeht, (die so eigentlich zum Verzweifeln ist!) . . . Weniges ist wohl amüsanter als dieses Gequassel (Stiltrompete), das Madame den Leo begehrenswerter machen soll. Aber es gelingt nur so so. Es schläft sich eben doch nicht besser mit einem Denkerich.

44. Sachliches in die Rippen! SEHR Sachliches!!! . . . Die Betrachtung der riesigen alten Ritterrüstungen; daß Kerle wie Casanova und Henri IV. mit ihrer Lues sehr gut fertig wurden: eine Promenade durch europäische Städte assoziiert Ritter von der (wie bitte!) – traurigen Gestalt . . . Es ist gegenwärtig in jeder Hinsicht empfehlenswert, auszusterben. Man weiß heute nicht mehr, was man mit IHR après anfangen soll (o, die öden Pausen!) Es war einmal eine Zeit, allwo es kein Après gab, meine Herren Lyriker. (Die Indianer sind noch heute spirochätenvirulent, aber gesund!) O, daß die alten Instinkte geblieben, die ihnen entsprechenden Vitalitäten jedoch abgegangen sind! Jene waren ehemals perpetuierlich beschäftigt; man hatte gar keine Zeit, sich zu langweilen (zu trompeten): man atmete bis in die Lungenspitzen,

koitierte, jagte, fraß, raufte, soff, koitierte, schwamm, grunzte, koitierte, schlief und der Tag war hold zu Ende. Nunmehr vazieren die Instinkte von den vierundzwanzig Stunden vierzehn, die dem (still!) – Berufsleben dienen oder der (ffft!) – Kontemplation, welche die sonnige Aufgabe hat, dem Herrn die Instinkte so fein auszureden, daß er sich zu glauben vermag, er sei zwar ein toller Kerl, aber so gescheit, sich zu unterlassen. Affen! Entartete Affen!! Miserable Affen!!!

45. »*Was tuen wohl die Engelein, so sie nicht singen?*« Lieber Jakob Böhme, sie beächzen sich sicherlich, so sie nicht... (Kein Geringerer als der Schafskopf Dante...)

46. Nun aber möchte das Zwischendeck gerne wissen, was man mit seiner (immerhin noch vorhandenen) Gesundheit vornehmen soll. Da man sie nur bemerkt, indem man sie tunlichst verliert, wäre der Vorschlag eines Schalks sehr diskutabel: »Geben Sie sich in einem Zuge auf!« (Capito?) Imposant!... Nichts da! Frigidität ist nur ein sehr kleiner Grad von (na) – béguin. Ein absolut frigider Mensch ist – tot. Glattweg tot. Schließlich aber ist man immer von sich enttäuscht und es ist, als nähme man einen Kleiderständer und stellte ihn auf denselben Platz. Mit Zwanzig hat man das Monokel auszuspucken, mit Dreißig die Zigarette hinterm Ohr zu entfernen und ein für allemal zu wissen, daß man Madame nur los wird, indem man plötzlich anfängt, sie zu – lieben (eifersüchtig zu sein, wenn schwieriger...)

47. Letztspurig... wird man aus Langeweile boshaft. Dann langweilt es, boshaft zu sein. Und endlich beginnt man, Schokoladebildchen zu sammeln. Idealisme noch ist sträflicher Realisme. Ein sanft gebliebener Bocher ist doch ein

wenig schauriger (da Idealist) als ein wild gewordener Imaginist (da Realist). Wer mag nur die Ampulle »Seele« erfunden haben! Vielleicht der einigermaßen enttäuschende Anblick des Nackten ... Diese Enttäuschung aber: man nehme sich am Ohr, entwickle Mut und gestehe sich ein, daß man, da Gelegenheiten nicht mehr einbringen, was Andere ehemals der Gefahr abjagten, – eine heimliche Bewunderung für seine eigenen Beine hat ... Ja, man geht so weit, seine tabula rasta FAST zur Gänze vorzutäuschen, um mit dem scheinbar unscheinbaren Rest des »Fast« seinen niederschmetterndsten Schlag zu führen. Der freilich auch das eigene Fleisch trifft: ... letztes Lüstchen ... letztes Wütchen ...

48. Venusblicke sind das einzig Sichere. Dämonie ist ein Rindslendenstück. Bettgeisttrompeten sind Barbaraien. Die Seele ist kein Brückengeländer. Die Liebe eine Schwanerei.

V

49. Das schütterste Detail lästert stets den Gesamteindruck. Kennt man jedoch Chinatown oder Tiffany (Bijoutier), so erhebt sich bald wieder die leise Vakanz der Sinne, für die Toast mit Jam keine Lösung ist. Und da jede Erklärung viel unwichtiger ist, als man meint, wenn man auf sie verfällt, ist es vorzuziehen, nur noch in allerdünnsten Satzdämpfen sich zu ergehen. Leidenschaftlichkeit ist KEIN Argument. Und Kenner, die bereits von vornherein so laut reden, daß sämtliche Feuerversicherte sogleich derselben Auffassung sind, haben sie in sich ... Knockout. Madames Busen flog. Herr N. mit einer Matratze am Kinn (Matratzen sind schwer zu rupfen) überzeugte sich, daß ein schlechtes Gewissen sehr abwechslungsreich ist. Auch die Allerdünnsten können eben nur mit dem Ton (Tönchen) argumentieren. Man bemüht sich stets gänzlich erfolglos, ein treffendes Wort zu finden. (*»Perlimpimpim«*, sagte Herr N. mit Vorliebe.) ... Man gehe sachte auf und ab, ergreife eine alte Birne und den hierbei eventuell sich bietenden Einfall und erhebe ihn zum Prinzip: le comble du grand écart ...

50. In jener verzweifelten Lethargie (halb Desperado, halb Fatalist), die zu nichts entschlossen ist, also zu allem, hockt die Spannung für ein doppelgestrichenes Falsett. Wenn man es hört, ist es, als müsse einem endgültig ALLE Geduld reißen. Ich habe es gehört, als der Jockey Rudi Etvöes jener Dame, die sein Nebeneinkommen repräsentierte, sagte: *»Wenn ich gut sein will, habe ich immer das Pech, daß ich eigentlich jeden zerfetzen möchte.« – »Ich nicht.« – »Wie?« – »Je m'en fous!«* ... Das Falsett. Doppelgestrichen. (Wann wird man anfangen, im Aero-Palace, 3000 m über Nizza, zum Nachtisch sich die Achselhaare streicheln zu lassen, he?)

51. Perlimpimpim ... Jede Wohnung, die man zum ersten Male betritt, stimmt (nun) – sarkastisch; teils: ... weil man stets wahrnehmen kann, daß der Freude (Beefsteak) oder der höflichen Haltung (Frühstück), mit der man empfangen wird, Sekunden deutlichen Ärgers oder gar Hasses vorhergingen; und weil man andererseits an jeder Person, die ins Zimmer tritt, beobachten kann, daß auf der Schwelle schon irgendetwas in ihrem Gesicht gleichsam unter Zwang gerät: man hat den Eindruck, daß alles, was sie sagen wird, Betrug wäre; daß sie sich bereits auf der Treppe dessen höhnisch gefreut hätte; daß aber auch die ärgerliche oder haßerfüllte Empfindung, die man ebendeshalb hat, ihr nicht entgangen sein kann ... teils: ... déganter: weshalb nicht zur unumwundenen Haut sich bekennen? Oder: weshalb nicht vom kleinen Beiram der Mama reden (trillern), oder von der suppigen Talion, welche die Passoskskaja mit gestohlenen Papillotten vornahm, oder von der Gasconnade des Hofschneiders Simeon Achselschweiß ... teils: ... weil jede Wohnung eben ein Tripot mit Nachsicht der Taxe zu sein hat. Perlimpimpim ...

52. Phlogistische Crapule: kein System haben wollen, ist ein neues. Die Wahrheit (la blague) KANN gar nicht zum Problem werden, weil man sie bereits sprachlich in die Prämissen nehmen muß. Jeder hat sich immer noch zu viel geglaubt: man hat sich auf GAR NICHTS einzulassen. Diese Art von Bosheit (kein System) ist ja doch nur die verkappte Besorgnis vor der eigenen Zwecklosigkeit (noch nicht einmal: Sinnlosigkeit!) ... Ich reite einen Exkurs letzter Flappereien: allein der Gedanke als solcher könnte zum Problem werden; am schärfsten dort, wo er derart in der Polmitte zwischen Wahr und Falsch steht, daß es auf allerkleinste Nuancen ankommt. Hier aber gewahrt der Privatmann, daß

man nicht apodiktisch entscheiden kann, sondern nur (he, he) – betasten, welchem der beiden Pole der Gedanke sich zu nähern SCHEINT. Und sofort wird diese ganze Denkerei zum Problem. (Plausibilität bliebe das einzige Kriterium. Merci!) ... Man KANN sich auf gar nichts einlassen! Wenn ich sage: »Ich leugne die Wahrheit,« so stehe ich mit dieser Behauptung innerhalb der Pole Wahr und Falsch, da ich behaupte, daß es Wahrheit nicht gibt: ich will also DIESEN Satz wahr haben. Der vollkommene Widerspruch: der Inhalt des Satzes wird durch den Satz selbst widerlegt. Jeder Satz ist demnach falsch, weil derjenige nicht wahr sein kann, der die Möglichkeit leugnet, etwas könne wahr sein ... Hier beginnt es nett zu flimmern. Man rülpst. Und es wird irgendwie gelb ... Man irrt immer. Immer. Jeder. Immer. Jeder. Immer jeder ... (Zwangshandlung? Oder: Überwut? Oder ...?)

53. Oder: Rosinen. Man braucht sich lediglich vorzunehmen, von morgen an statt Bauch Kropp zu sagen, statt Zeigefinger Semp: – und alles wird heiterer. Gegenwärtig schätze ich sehr die Vokabel ›Rosinen‹. Wenn ich sie ausspreche, denke ich an eine Mischung von Hebammen, Abgeordneten und Teig ... (Memento leli: je unwahrscheinlicher ein Vorfall ist, desto wahrscheinlicher ist er. Behaupte ich, der ich ein Vorfall bin, der durch die Unwahrscheinlichkeit dieser Behauptung gleichwohl nicht wahrscheinlicher wird. Und darum vorziehe, ohne Behauptungen vorzufallen.)

54. Ein Märchen (genesis) ... Ursprünglich vollkommene Einfalt. Verlust der Einfalt (wieso?) und des Sinns (Einfalt?). Hierauf Zwiespalt: Geschäftigkeit. Anfangs: unbewußt, also dumpf verzweifelt (gelangweilt). Später: bewußt, also sehr verzweifelt (enorm gelangweilt). Deshalb: neue Bedürfnisse, für die man arbeitet und arbeiten läßt. Folglich: Geschäfte:

man rechnet und hadert. Weiter: neue Bedürfnisse, neue Geschäfte. Und da die Langeweile immer größer wird, beginnt man zu theologisieren und zu philosophieren und endlich, DAMIT Geschäfte zu machen ... Resumé: chronische Agonie. Remedium: Einfalt? O, du liebe Einfalt! ... Eine Genesis? Nicht doch. Solide Dummheiten!!! Nicht einmal gemäßigt durch Plausibilität. Ein Märchen (wie Poes »Heureka« oder Weiningers »Geschl. und Charak.«) ... Aber man könnte gleichwohl eine amüsante Alternative zimmern (zwitschern), dergestalt:

1. Entweder: das Bewußtsein ausschalten (Fakir, ha ôma).
2. Oder: bewußter Zwiespalt (der Oberkellner).

ad 1. Konstruktion des Un-Menschen (das Glotzauge).

ad 2. Konstruktion des Unter-Menschen (der Wupptich).

Beide Konstruktionen entspringen derselben Quelle: – (bitte ein beliebiges Substantiv! Etwa: – Mückensamt!!!)

ad 1. Hinterste Sinnlosigkeit (Marke Nirwana).

ad 2. Vorderste Sinnlosigkeit (Tarifbewegung im Passementerie-Gewerbe).

Ich verzichte! ...

55. Jedenfalls ist die Moral die unzweckmäßigste Einrichtung zur Beseitigung irgendwelchen Betriebs. Dadurch, daß man ein gutes Geschäft (Moral) gegen ein beiweitem besseres (ohne Moral) zu halten in der Lage ist (welch holde Transparenz!), fällt es leicht, sich zuzugeben, daß man im Grunde gar keine Einstellung hat, sich ungefähr wie – losgelassen vorkommt und unnötiger Weise mit einer hintersten Zurechtlegung sich herumgeschleppt hat ... Die Beseitigung der Moral wäre deshalb vielleicht durch Einführung des Kettenhandels im Heiratsvermittlungsverkehr herbeizuführen. Oder durch Erschwerung des Kompottgenusses. Oder einfach durch Bäder.

56. ist der Witz die einzig erträgliche Art der Wiederholung längst vergossener Albernheiten. Wo Ernst ist, da sammeln sich die Frösche (Gesinneriche!). Je gekurbelt witziger einer ist (ein Poposten Rhum!), desto mehr hat er unter sich gelassen (einen Posten, Ruhm) ... Witz? Sich selbst ad absurdum führen (zu Chignol): à la Gallette ... (Charlot Chaplin: Gerh. Hauptmann – ein Waisenknabe.) ... Humor aber? Ich sage nichts als: Kempinski (oder: die angelehnte Hintertür für blaulappige Sortiment-Sentiments) ... O, es existiert ein derart torkeltoller Witz über sich selber, daß man sich zu seinem privatesten Vergnügen einige Monate von einem weiblichen Torso (nun ja) plündern läßt; und in Äußerungen sich hineinspreizt, die Andern das Blut in den Waden stokken machen (sozusagen). Mir machen sie freilich bloß alles sauer. Sauerst. (Die Milch der abgestandenen Denkungsart unter dem Bli- Blitz prengsten Blutes!) ... Aber auch das ist bloß angenehm, durchaus nicht verständlich ...

57. Man ist im Grunde immer erfolglos. Erfolg? Ein mehr oder weniger meisterlicher Irrtum. Nichts stimmt. (Nicht einmal das.) Je heftiger eine Ordnung proponiert wird, desto rapider ist die Unordnung, die sie schließlich aufführt. Würde einer DIE Idee (die letzte: den Sinn) liefern können, müßte alles allen klar sein und alles wäre in strahlendster Ordnung. Vermutlich. So aber ... sind alle Ideen (etc. pp. Unfug) geradezu ein Malheur. Eine Idee? Ein Erfolg. Folglich: ein Malheur. Das Christentum par exemple, ein raffiniertes Abwechslungsereignis, das sich als gutes Geschäft (Moral) gehalten hat, hatte den Weltkrieg, der ein schlechtes Geschäft war (mit UND ohne Moral), auf dem Gewissen: – eine Paranoia heftigsten Wunschcharakters, hervorgetrieben aus dem Mangel an verdroschenen Oberlehrern, Inzesten, leichten Abreisegelegenheiten und ausgedehnter Selbstliebe ...

(*»Liebe deinen Nächsten wie . . .«* etc. pp. Quatsch) . . . He, wie steht es mit dieser Selbstliebe? So: manchmal liebt man seinen Selbsthaß (falls nicht zu mißwachsen), aber immer wieder bis zum Selbsthaß und bis zur Verzweiflung (Mascotte-Bar). Selbstliebe ist das nicht, sondern Eitelkeit, naturellement. Gäbe es Selbstliebe, so könnte man auf sie mit Recht eitel sein, wäre es aber ebendeshalb nicht, weil Selbstliebe nicht Eitelkeit ist, sondern ein tierisch-begabter Zustand (Wiesenbenützung). Da man also seinen Nächsten, wenn man ihn wie sich selber liebt, lediglich der eigenen Eitelkeit dienen läßt, darf man sich nicht wundern, daß so viel geliebt wird . . . Der Unterschied zwischen J. Christus und Ch. Huysmans *(»Tu den andern, was du nicht willst, daß sie dir tun!«)*: beide waren erfolgreich und hatten deshalb keinen Erfolg . . . Hiebe tragen übrigens oft die größte Anhänglichkeit ein, Geschenke die größten Unannehmlichkeiten. Man wäre versucht, Vorstellungen zu machen. Trotzdem habe ich (das schmeichle ich mir sehr!) einen überaus praktikablen Ausweg ersonnen: was ich nicht ertelephonieren kann, lasse ich im Wege der Entwendung an mich bringen, und gelingt das nicht, so helfe ich mir mit einer fingierten Prügelei . . . (Après moi la blénnorragie!)

58. Die (sprich leiser!) – Meisterwerke der Weltliteratur: solch SCHWINDEL erregende Bücher, daß man (jung) die Augen schließt, sich weiterdrehen läßt und sich schließlich (wenn man sich nicht mehr zu erwischen vermag) einbildet, man habe einen Standpunkt bekommen und könne mit sich beginnen . . . Kunst!!! Die infantilste Form von Magie. Man beschäftige sich ein paar Wochen mit den Geheimwissenschaften und wird entdecken, daß die Okkultisten gesündere Bébés sind. Sämtliche Kunstzeitschriften (Sturm-Gebimmel, Aktions-Gefuchtel, Fackel-Gefackel) sind nur SEPARAT-Bei-

lagen zu den korrespondierenden Tageszeitungen (externes Feuilleton). Das »Neue Wiener Journal«, das »B. T.« und der »Matin« sind als in jeder Hinsicht weitaus reeller sehr zu empfehlen. (Sie dienen so unverhohlen jedem Kapital, jeder Lüge und jedem – Magogen und lassen von Spitzeln Bücher noch vor deren Erscheinen so naiv »ausziehen«, daß es eine wahre Freude ist.) ... Die besten Bücher der Weltliteratur wurden in der Absicht geschrieben, das beste Buch aller Zeiten zu schreiben: die psychologisch einzig erträgliche Voraussetzung des Bücherschreibens von dazumal. Heute kann es nur die sein: die Unmöglichkeit schaffen zu wollen, daß jemals wieder ein Buch in jener Absicht geschrieben werde. Gesetzt, es gelänge: wer würde dann noch schlechte Bücher schreiben? ... Das beste Buch: das unterlassene (Napoleon, Rimbaud, Lautréamont, Schukoff) ... Ich würde mich freuen, zu hören, daß diese Seiten der LETZTE Mist sind, der geschrieben wurde. Ich würde mich sehr freuen.

59. (Napoleon? Der größte Blagueur aller Zeiten. Rimbaud? Aller Dichter. Lautréamont? Aller Blagueurs. Schukoff? Eine Blague von MIR.)

60. Lust ist der einzige Schwindel, dem ich Dauer wünsche.

61. Selbstverständlich verkehre ich im Grunde gar nicht mit mir. Ich hoffe allerdings auch nicht mehr, mir einmal vorgestellt zu werden. O, die luden Beziehungen, so im Ganzen! (Ich ziehe das Hotel du Roule in jeder Stadt vor.) ... Zu sich ist man niemals auf dem richtigen Weg. Feststeht nicht einmal, daß man schlankweg geht. (Beobachtungen werden GEMACHT!) Man sollte endlich anfangen, mit den Beinen Sätze zu machen!!! ... Ich vermute sehr, daß ich lediglich müllere. Wie ...?

62. Lust ist alles. Meisterwerke sind keine Wiesenbenützungen. Leidenschaftlichkeit ist Talion. Witze sind Inzeste. Die Moral ist ein Kettenhandel.

VI

63. Dieser ganze wilde Gestank ist nun doch nicht das Ergebnis menschlicher Heldentaten allein, sondern das aller: aus Sinnlosem stürzt Sinnloses. Ob nun Ostafrika mit Heldenblut erobert wird, ob Missionäre sich verprügeln lassen, ob Philosophen verhungern: dies alles ist so sinnlos wie jedes Leben, wie das meine, das sich sehr bemüht, keinen Heldentod zu bekommen, keine Missiönchen zu haben und beileibe keine Philosophie ... Fixatoir: ein (den Iktus bitte auf das Grundwort!) – Wohltäter wird von dem Opfer seiner Güte (exzessive Uneigennützigkeit wirkt demoralisierend) ebenso gehaßt wie ein Schurke (vornehmer Typ), der es grausam leiden macht, von dem seinen. Beide exekutieren eben Sinnloses. Letzthin: alle vier. Es ist gar nicht auffällig, daß Bösewichter beiweitem leidenschaftlicher geliebt werden als Edelknaben (la barbe!) und diese nur dann ebenso, wenn sie aus – Bosheit wahrhaft gut sind. (Wahrhaft gut ist man NUR aus Bosheit!) Deshalb sind nirgendwo Wutanfälle so häufig wie da, wo (hopsdoderohhhhh!) – geliebt wird ...

64. Jeder Schriftsteller, der für bedeutend gehalten sein möchte (also JEDER!), sorgt dafür, daß die Quartalexzesse, die er seiner Biographie liefert, nicht unbedeutend sind. Man ist dafür, daß es nicht auszuhalten ist, und lebt davon (nicht unbedingt in Villen). Man behandle doch seine Exzessemente als Auswurf! Gebrochene Galle!! O, ihr verfluchten Spiegel!!! ... Wenn man schon seinen eigenen Gestank als Duft empfindet, so erspare man ihn wenigstens Anderen. Schöne Frauen verursachen ja nun oft, daß sogar reguläre Dummköpfe sich kälbern benehmen: es wäre also noch irgendwie erfreulich, sich als begabtes Scheuel (mit leisen Relativ-Sätzen) aufzuspielen und ganz von unten her Heißestes zu er-

gattern. Im übrigen versagt schon das Kichern über das eigene Kichern. Und sofort erscheint die Wut ...

65. Ganz zutiefst hat man sich nie in der Gewalt. Wie sollte man auch! (Jede Kleidung wirkt grotesk.) Man stelle sich vor: man ärgert sich über das Schweigen der Anwesenden und beginnt, darob um vieles ärgerlicher noch, zu sprechen, obwohl ... (Mühsame Überlegungen wie: »Was soll uns die Neurosenlehre!« oder: »Ist Odol das Beste für das Herz?«) ... Nach wenigen Sätzen ist man ja doch bereits einwandfrei wütend. Worüber? ... Das sicherste Mittel, gegen Schweigende sich zu halten, ist: ebenfalls zu schweigen. Dies violette Erfahrung, nun ja ... Man kann eben seinen Haß gegen Andere nur genießen, wenn er nicht bemerkt wird. Man kann sich überhaupt nur halten, wenn man unentdeckt haßt, verrattert, unterkellert ... Voilà: die Wut beschließt, sich zu rächen. Der Herr exzediert sohin flott, SEHR flott ... Jedoch: o Empore alles Lottergestentums –: woran? woran? woran Rache? ... He? ... (Doch damit entlockt man keinem Leichnam Gase. Vielleicht aber dem Joachim Friedenthal, der noch leben soll, eine Zeile.)

66. Kurz, es genügt, sich überzeugt zu haben, daß die seltsamsten und in der erquickendsten Weise neugierigen Geschöpfe stets sehr unklar mißliebige Ausländer sind, die sich vor allem dadurch von dem Seifendreck ihrer jeweiligen Umgebung vorteilhaft unterscheiden, daß sie ihren Willen nicht auf ihren Verstand loslassen (Bolschewisten). Wahrhaftig, der Mensch ist weder ein Universaltropus (Kohlenobligation) noch fähig, durch Abschaffung der Armut die Welt zu bereichern oder etwa die Erträglichkeit geselligen Beisammenseins zu steigern, indem er weniger lügt. (Ich besitze die unerschütterliche Überzeugung, daß ich mein Zeitver-

treib bin und ein höflicher Mensch.)... Man kann eben wirklich nicht mehr an die von Buddha (einem typischen Grenzfall von Ichthiosis und Paranoia) angesagte Menschheitswelle glauben, wenn man täglich mitanzusehen gezwungen ist, wie die feschesten Trottoir-Heroinen den größten Wert darauf legen, von Bankdirektorsgattinnen geschnitten zu werden. Das ist wirklich zu viel. Ich sehe mir den Monte Salvatore an. Ich vermag seine Kuppenhaare von der geistvoller Weise nach ihm benannten Straße aus zu erkennen. Und ich sage mir: »Laissons la salade. Faisons un grand arrangement.«

67. Es besteht eine Lücke besonderen Knalleffekts... Man geht (zum Teufel nochmal!) unter die Leute, um sich an seinem Haß gegen sie zu weiden, aber ... man riecht die Lücke und es geht nicht mehr (nicht einmal mehr mit den Beinen) ... Und man weiß Bescheid: alles labiles Selbstgestolper schwierigster Natur, alles Haltungsunvermögen (man kann auch schweigend sich nicht halten), alles doppelt gedrehte Schiebung ipsius generis (man stemmt seine Psyche wagonähnlich über Land), alles unhaltbar, unter allen Umständen... Nicht einmal daran, daß man sich an nichts halten kann, kann man sich halten, geschätzte Feinde... Der Herr exzediert sohin flott: aus – LÜCKENWUT...

68. »Ein Menschenleben ist, als zählt' man eins.« (Shakespeare m. p.) Nun, ich behaupte, nicht bis eins zählen zu können. (Menschenleben: geliefert worden sein.)... Leuten gegenüber, die jedes Gespräch augenblicks auf die Höhe bugsieren, allwo es sich bekanntlich niemals befindet, empfiehlt es sich, Goethe für ein untergeschobenes indisches Kind zu halten. Das macht außerdem Appetit. (Mein letzter Wunsch wäre: mich einmal selber zum Besten geben zu kön-

nen; oder: mich einmal wirklich zum Besten halten zu können.)

69. Knapp vorstehende drei Zeilen sind triplesinnig. Bitte achten Sie auf die Arbeit, Leser ... (Hohn als Unterwäsche ...)

70. Durch eine sprachliche Formulierung wird ein betrübsamer Zustand (Rheuma, la purée, Mißwachsenheit) keineswegs erträglicher ... Anfangs ist es zwar oft, als gewänne ein Gedanke durch mehrere Formulierungen; später aber, als verlöre er dadurch sehr; und endlich genügt eine einzige, um ihn völlig lächerlich zu machen. Ein Gedankengang? Ein Kreuzweg. Man kann ihn stundenlang nach allen WIND-Richtungen hin ins Endlose fortsetzen ... Letzthin okuliert: jeder Gedanke ist ein (zumindest leichter) Wutanfall. Gegen die unverschämte Ruhe und Sicherheit der Umgebung, inklusive die Geistportiers. Doch diese geballte Einsicht macht nur noch wütender. Ist es nicht am sinnlosesten, wütend zu sein? ... Eine kleine Beobachtung zur Disposition: oft, wenn man gänzlich sinnlos tobt, begibt sich das Gefühl, das (pepepe-pepère) – Leben hätte in diesem Augenblick einen Sinn bekommen. Das Wüten wäre also das Leben selber? Zwar gewiß: Wut enthält am meisten Aufrichtigkeit; zwar gewiß: alle restlichen Zustände sind nur dadurch auszuhalten, daß die Wut verborgen bleibt oder der Herr sich verstellt ... Dennoch: Sinnlosigkeit, auf ihrem höchsten Punkt angelangt, ist Wut, Wut, Wut und noch lange kein Sinn ...

71. Kein Geld haben, ist fast ein Gegenbeweis. Welches haben, eine Katastrophe. (JEDE Gesinnung schändet.)

72. Nach einem guten Diner gelingt mir am stattlichsten die

Überzeugung, daß kein Trottel sich so oft für so trottelhaft hält wie ein (nun ja) – Nichttrottel. Das ist aber auch der ganze Unterschied. Pas la peine! Jeder aufrichtige Nichttrottel ist zudem Zyniker. (Zynismus: äußerster Mangel an Einseitigkeit!) Vom Zyniker zum Exzedeur ist übrigens nur ein – pas (la peine?). Das vorderste Cynisme wird derart vielseitig, daß es wieder einseitig gerät. Das bemerkt man selbstverständlich und wird wütend. Der unaufrichtige Nichttrottel: ... dieser Mensch ist GUT. Wem ist noch nicht speiübel? ... (Wem ist noch nicht WOHL?)

73. (Gefühl!) ... So denn: ein wenig Professierliches! Höret halb: ein Gefühl entsteht, wenn ein Körper, der etwas empfindet (Yvonne), unterwegs ist, sich Gedanken darüber zu machen. Ist es gelungen, so ist das Gefühl glücklich beseitigt und der Gedanke vor dem über sich selber angelangt. Und da wird jedem Kräftigen übel. Wer will etwa noch dahinterkommen? Da doch das Bewußtsein (Patent Oil Urinoir) immer nur mit sich selber sich beschäftigen kann, immer nur sich selber beweist (Deklinationen!), sogar dann, wenn es sich widerlegen will! Seinen eigenen Sinn erfischen: mit DIESEM Apparat? Und nun gar DEN Sinn! (»Qui est là? Yvonne?«)

74. Der Privatmann ist verstimmt ... Bewußtsein ist Eitelkeit: die Langeweile inkarniert. Haß: das unbefriedigte Rachegefühl gekränkter Eitelkeit, somit ein schweres Minderwertigkeitssymptom (sofern es nicht ein schlapper Sport ist). Denn man haßt, wenn man spricht, nicht nur den, der zuhört, sondern auch sich selbst. Da aber nur Eitelkeit zum Reden veranlaßt, wird sie durch eben dieses Reden bereits gekränkt. Das Rachegefühl bleibt deshalb stets unbefriedigt, da es ja doch nur dadurch gestillt werden könnte, daß man

die Lücke zu füllen wüßte. Folglich: Langeweile der Eitelkeit, Langeweile des Hasses, Langeweile der Rache, Langeweile der Wut, Langeweile, Langeweile, Langeweile ... Der Kanalzirkel ist geschlossen. Der Privatmann furzt.

75. Eine Möglichkeit wäre vielleicht: sich bewußt gehen lassen, sich offen hinreißen lassen zu seinen verkapseltsten verbogensten Lächerlichkeiten und Trucs – als DIE große Auslieferung, welche die einzige restlose Selbstzurücknahme gestattet: den Tritt – weg von sich. (Dem Kosmos bei dieser Gelegenheit appliziert!) ... Man sei sein eigener Blender! Ein kindischester Raser!! Man sei da!!! ... Manchmal wundere ich mich sehr, daß nicht ALLE augenblicklich zu toben anfangen oder doch zumindest mit allem aufhören ... Kikeriki!!! ...

76. Schließlich ist auch das idiotischeste Geplärr eine Möglichkeit. Hinter jedem Satz hat man ein wildes Gelächter unmißverständlich anzudeuten; hinter jeder Muskelbewegung optischeren Charakters desgleichen: sonst ist man ein – ernster Mensch ... Sum: ob nicht das menschliche Hirn bloß ein hereditär-chronisches Geschwür ist? Dagegen spricht der Umstand, daß ich diesen Einfall ohne dieses Geschwür gar nicht gehabt hätte, durchaus nicht. ALLES ist ein Symptom. Die Sprache ebenso wie die durch sie produzierten Resultate. Es ist kein Standpunkt, keinen zu haben. Die Erde bewegt sich (irgendwie) und das Denken ist wahrscheinlich nur ein Symptom dieser Bewegung ... Da man den Sinn (die Lücke) nicht hat, hat man den Wahn, einen Sinn zu haben, oder den, keinen Wahn zu haben, erfreulicheren Falls. Man ist also inkurabel wahnsinnig ... Daß diesen heiteren Zustand ein jahrtausendealtes Geschwür besorgen sollte, ist ein fast beruhigender Gedanke. Gedanke? Epochal! Wahnsinn?

Säkular! Ist das nicht auch ein Wahn? O stundenlang, o stundenlang ... Kikeriki! ... Gewiß: aber es ist der dünnste, der letzte, der HELLE Wahnsinn ... Ich kann mir deshalb freudvoll gestatten, Kikeriki zu schreien. (Ich habe soeben Kikeriki geschrien ...) ... KIKERIKI!!! ...

77. Allerleichtester Erzählerton: Wenn man übersieht, daß um Geld gespielt wird auf dieser Welt, achte man darauf, daß es Leute gibt, die bereits welches besitzen. Spielt man, um zu spielen? Oder, um zu trumpfen? Oder, um zu mogeln? Man sollte endgültig dafür sein, Schokoladebildchen zu sammeln und wieder unter das Publikum zu bringen, wenn man sich mehr als 481 beigebracht hat. Oder sollte man dagegen sein? Schließlich aber ist dagegen sein schon zuviel. Etwa bloß müllern? Faktisch müllern? Wäre das nicht dasselbe? Man müßte sich geräuschlos hinlegen und verrecken. Leider aber kann man das nicht, da man Geräusch machen würde. Nun, jedenfalls war Jacques Lebaudy, der Kaiser der Sahara, ein wirklich großer Mann. Halt, war nicht der Clown Footit größer? Oder die Pankhurst? Aber der Sirius ist noch größer, dieser blöde Stern. Wer möchte einen Sonntag lang »Kanalgitterbestandteil« heißen? Wer »Hämbo«? Wer »Womwa«? ... L. D. ... – ? – ... (Letzte Dinge) ...

78. *Grand Marnier! Ruban rouge!* (In einem Zug hinunter!)

79. Nichtsdestoweniger adelt die Sau vom saftlosen Postbureau, warum *de mortuis nil nisi bene*, Lumpenhunde, wo ja immerhin doch *nemo potest peccare ab umbilico et inferius*, den in jeder Hinsicht aprilschwangeren Baldachinmops lasse man beiseite, die Erde ist ein gigantischer Dilettantismus, das Leben nicht bewältigt, auf, ihr Ritter von der lockeren Lust, und Genies machen sich Sorgen darüber überwältigen-

de, Kaustik auf Eis, welch ein Dessert, schwerstbeheimatet und breibeflort auf erdveräderter Raketenexpreßzwecke, der jung Verdonnerte und der Mensch sich selbst das Wichtigste Liebste und Verehrteste amen, Bauch dein Symbol heißt Nabel, Nabel dein Name ist Hekuba, buckelbissige Jungfrauen, seine ganze Eitelkeit zu affichieren das Mutigste, spannte der Fuhrmann die Ochsen wieder vor und fuhr mit seiner gewohnten Langsamkeit in den Großtag behymneten Erkennens, Storelüdrian Villon und auch Eulenspiegel notorische Gauner und Zuhälter lebten sie heute fänden sie keinen Verleger tralala einmal aber tot macht es plötzlich nichts mehr, ei ei können Sie mit? der bahnbrechenden Kondukteure Staunen ist groß, sich selber respektieren wo fängt man da an, es sollte allgemein gebilligt werden, och nich doch Moritzchen ik haßliebe dia nich i wo du kannst mia bloß, bewimple den Regentropfen er wird es dir Dank wissen, man hoffe es nicht, Porkopolis platzt ein Trikot, dieser Plagiator der Schlitzfenster extirpiert sei gepriesen, der aber, der Druckböen, ojemineh, Zeitschriften-Regisseure wortausklaubende, es ist sehr schmeichelhaft sind es Sentenzen, auf dem Schamberg Schlittschuh lief, kam es ihm gesprächsweise, und abendwunde Windfänge bezischeln die Mädchen für alles, warum fragt niemand, ach ewig feuchte Julie, es gibt einen sakralen Lustmord nur bei den Kannibalen, und auch Leute die als perpetuierlich sich selbst überkletternde Einfälle in die Welt blicken harmlose Machtfatzkes und ein für allemal Pflasterhammerholz, jeder Minderjährige wird es an jenem Tage erkennen da ein Sortimenter ihm die Werke Mörikes andreht und siehe eine Karton-Attrappe wird es sein Präservatives enthaltend, ja ja, haben Sie einen schönen Popo wenn nicht so doch, und georgmüllern sachte und unüberlegt, wer denkt da nicht an sanfte Josefe, mies ist der Sittsame und emporgelobet von Herrn Papamalad, es ist ein Jocus, die Glanzleistung der Beendeten ihn saftig zu goutieren, deux yeux disent merde à moi je me couche de bonne heure, bei mia nich nee nochmal von links, lieben Sie Eveline sie ist ein fleißiges Mädchen und stellt ihren Mann, Jazz-König der Lüfte Offenbach seine Bedeutung scheint unverkennbar wie doch es ist ein Nonsens stierdummer Knochen, aber zum Eröffnen sehr sinnig in der Straße, nimm zwei Finger Reis und sei alle drei Monate Zigeuner, der Jude ist selten Regierungsrat ein schöner Zug und pudert sich nach dem Rasieren finden Sie ich nicht, Brückendonnertunnelfreuden, sind die Frauen im allgemeinen eine perfide Rasse, o Ovid o, Auskünfte bei Vöglein & Schenierer, Prospekt franko ins Klosett, ein Leiermann ist auch kein Besen Hallodris Herren und Halunken, da wohl Polizistenschiffe, bleibt die Rheinfahrt so lange gestört bis ein Ukas verbietet Philippe zu flaouttern aber es wird nie, nicht angeregt vom gichtischen Echo der Pfützenschlucker und Geschlechtsfinger, leicht gesagt im Nichteinbringungsfalle wiederhole man es auf der grünen Wiese, ob sie mich die Süße unbestimmt ist es und kühl, wie ja in paradiesisch ausgespucktem Lungenflügel sich laben javanische Vormittagsgenießer, schon in früher Jugend pathologisch es ist eine Ausrede er hatte es in sich, nur ganz Gesunde haben Blöderes zu tun, es sei denn, nicht jede Dame hält ganz rein sie will auch mal den Pilatus sehen und leidenschaftlich pfeift sie auf die Lues eine ganz Stürmische, Kind du kannst tanzen, wechselt aber die Adresse obwohl die Berichte über das Kuligefieber nebst dem artigen Pupillenspinner und dem Wahrsagekrapfen, Prahler an die Wand stellen so sie es glauben, la Ritirata manquée, *go on and take care of yourself*, du Rotzbub, das Andemolieren der Paprikakothurne, metaphysische Schieber, zielen sie alle hauen und schreien wenn sie treffen und es ist doch nichts mausdrecklnichts, hollodrioh Lebensversicherungsspaltenhunger und haben mitzureden, es ist ein Graus, Oscar je vous salue, zahlbar in verzögerten Teichsanteilbeinen durch Hellebardenpelissen, Jugend und Tinte und Ei, Eindeutscherpurzelbäume auf Federn, den Kropf beendet mit Pech, ach nein wie Sie mit dem Kragen husten wo haben Sie ihn her, und sind aus Liebe die mittleren Beerenrammler Fersengeld schuldig geblieben, Dummheiten führe man aus wie Badereisen ich flehe darum sehr, Ministerwechselhaeretiker wiederkehrende Sorte kaum strammer Genossen, Sonnenstrahlenfunzen, ha so träumt er nicht von Esquadrillen Pillen und von Stubenpfeffer et beaucoup de beurre und einen Stoß unters Kinn wie denn ach so, der die Daisies und sonderlich den Coupe Jacques so Plombières astral behirzt wie nur noch ...

80. *Cerises jubilé!* (Langsam gurgeln!) O Brouhaha, brouhaha ... haha ... haha ... ha ... ha ... ha ...

81. Dem Kosmos einen Tritt! VIVE LE RASTA!!!

Lugano, im März 1918

Das Lockerlied

Einst als ich im Jugendzwinger
manches faule Rätsel biß,
hatt ich vorm Tyrannenfinger
einen ganz gewaltgen Schiß.

Jetzt da ich im Evening-Dresse
nur noch allerlockerst sprühe,
ist mir keine Miez zu kesse,
keine Tour macht mir noch Mühe.

Fest im Kopfe die Parole:
›Mia kann keener, nee, mia nich!‹
fällt die Geste nach der Sohle:
›Alle könn mia inniglich!‹

(Die Reim- und Jambenform dient lediglich mnemotechnischen und suggesto-therapeutischen Absichten.)

Zur Beachtung

Es wird empfohlen, das Lockerlied sofort auswendig zu lernen und erst dann das Lokal zu wechseln.

Jenes leise vor sich hinsprechend (man memoriere es täglich vor dem Einschlafen und nach dem Erwachen), begebe man sich in eine Tanz-Bar, suche sich wiederum eine stille Ecke, achte jedoch darauf, von ihr aus die tanzenden Paare sehen zu können, bestelle einen *Cointreau triple sec* und durch den Kellner beim Kapellmeister »Du kleine Klingelfee« (jeder Ironie halte man unbeweglich stand!) und »Emma, j't'ai connue au cinéma«. Bis zur Intonation eines dieser herrlichen Lieder beschäftige man sich mit der Feststellung der Stärke des Zustandes jener Unternehmungslust, deren Restobjekt (Dame) man jetzt im Saale sich aussuchen möge, falls man über kein anderes zu gebieten hat. Sobald die Auswahl erfolgt ist (bitte noch keine Annäherung!), freue man sich ihrer und gestehe sich ein, daß man, auch darüber hinaus, in einer Stimmung sich befinde, für welche die Bezeichnung »Letzte Lockerung« zwar die vollendete Wirkung des bisher Gelesenen durchaus trifft, nicht aber das geradezu ungeheuerliche Kraftgefühl des ganzen Körpers und seines weit ausholenden Hirnes.

In diesem Kraftgefühl schwelge man so lange, wie es in unverminderter Fülle anhält. Sobald es nachläßt, lese man die nächste Seite.

Das Magenlied

Ein scharfer Kerl vermag zu wagen;
ein Wort, zu fallen und zu stehn.
Doch sorge stets für vollen Magen,
willst du zu einer Dame gehn.

Letzte Lockerung

Zweiter Teil
Das praktische Handbrevier

Zur Vorbereitung

Vor der Lektüre des zweiten Teils dieses Breviers bestelle man mit dem Auftrag, es nach zwei Stunden parat zu halten, folgendes Souper:

Eier à la Florentine (Sherry)
Crêpe à la Parisienne
Langouste sauce may.
Ananas au kirsch
Petits fours (St. Marteaux carte blanche)

Hierauf beginne man mit der Lektüre, während deren nicht getrunken, nur geraucht werden darf. Nach jedem Fragment pausiere man eine Minute, nach jedem Abschnitt fünf, blicke aber dabei nicht auf den Plafond, sondern auf die tanzenden Paare, insonderheit die Auserwählte (ev. Photo).

Verspürt man während des Lesens plötzlich eine unbeherrschbare Freude, dann hat sich ein bereits sehr unliebsam erkanntes Manko gefüllt oder dort ein sicherer Weg gezeigt, wo man schon oft betrübt umgekehrt war. Diese so besonders wirkungsvollen Fragmente streiche man sich an und lese sie dreimal. Sind welche darunter, die auf den Umgang mit Damen sich beziehen, so wird jener Freude noch die der unmittelbaren Nähe des Versuchsobjektes sich hinzugesellen. Man überlasse sich ihr, ohne sie durch irgendwelche Reflexionen zu beeinträchtigen: der zerebrale Rausch, in dem diese Lektüre geschieht, kann nicht groß genug sein.

1. Motto: Sei mehr als du, sei nichts! Dann bist du alles.

2. Motto: T'en laisse pas conter!

3. Motto: Jede Regel ist eine Ausnahme.

4. Motto: *Vous pouvez bien m'aimer.*
Moi j' m'en fous,
pourvu que j' vive.

5. Motto: Liebes liebes Lenchen,
hast so scheene Beenchen.
Wärste nur 'n bißken schnaffter,
Säßte nicht so dof am After.

6. Motto: Reinige dich stets gewissenhaft.
Täglich kann dir das Glück nahen.

7. Motto: *Du culot, c'est beau. Mais du Serner, c'est – MEHR!*
(La Rousse)

8. Motto: Nicht immer ist Neues wichtiger.
Oft Alterprobtes sogar neu.

I

Elementares

1. Es gibt im Grunde weder Herren noch Diener. Sklaven ihrer Fähigkeiten und Temperamente sind alle. Bleibt dir das stets bewußt, so wird es dir nicht schwer sein, dich und Andere zu lenken.

2. Wenn es dir schlecht geht, bemühe dich, es zu verbergen. Geht es dir aber gut, wachsen um dich herum Haß und Neid, so affektiere ein Lungen- oder Nierenleiden und kaufe dir eine Grabstelle. Alle Feindschaft wird schwinden.

3. Den Mächtigen gegenüber, denen dein Vermögen kein Dorn im Auge ist, sondern bloß ein Steuerobjekt, genügt es, wenn du den Müden spielst. Der Müde ist ungefährlich.

4. Tue stets, als würdest du das Leben ernst nehmen. Die Klugen halten dich, falls sie es glauben, für vertrauenswürdig; glauben sie es nicht, für klug.

5. Solange du gegen dich selber noch mißtrauisch bist, bist du sentimental.

6. Plusgefühle sind auch nur Schwächezustände. Der wahrhaft Überlegene (Wupptich) trägt, mag sein Körpergefühl ihn noch so hoch schwingen, dem Kenner stets deutlich, die große Gleichgult um die Lippen.

7. Durch nichts machst du dich schneller verdächtig als durch einen unbürgerlichen Lebenswandel, ohne daß es möglich wäre, zu erkennen, wo sein Vorteil liegt. Streue aus,

daß du auf der Suche nach tüchtigen Automobil-Agenten seist, und alle Welt wird dir hofieren.

8. In jenen nie völlig zu vermeidenden Stunden, da unbezwingliche Sehnsucht nach einem inneren Halt dich überkommt, tiefer Selbstekel, der überdies dich besonders lucid macht für das Katastrophale deines Zustandes, das quälende Bewußtsein des großen Nichts: trinke zwei Tassen heißer Schokolade, schlucke eine Aspirin-Tablette und lege dich ins Bett. (Diese Stunden wären zu vermeiden, wenn es zu vermeiden wäre, durch schlechtes Schlafen oder Überanstrengung die Prädisposition für solch inneren Rückfall zu schaffen.)

9. Immer wieder einmal stößt du auf Leute, welche dir beweisen, daß es ein Leichtes ist, einen Fast-Cretin der Welt als Genie (nun ja) aufzuschwatzen. Ziehe aber daraus nicht den Schluß, daß hohes Können und Reklame identisch sind. Sie sind bloß (entfernt) verwandt.

10. Verzichte darauf, dich besonders zu fühlen, wenn ein Anderer vor dir sich blöde benimmt. Ein Dritter könnte es wahrnehmen und bei nächster Gelegenheit dir auf die Schulter klopfen.

11. Beschäftige dich eine Zeitlang mit den Werken der Ethiker. Je genauer du es tust, desto unerschütterlicher wirst du nachher deinen Gegenpol lieben.

12. Blase nie auf deinem Kerbholz. Du setzst dich der Gefahr aus, für eine blütenzarte Jungfrau gehalten zu werden oder für einen, mit dem verglichen Gilles de Ray ein Kaninchen war.

13. Gegen jeden läßt sich immer zu Recht etwas einwenden. Ein Starker ist aber trotzdem so manifest, daß man sogar Mehreres gegen ihn einwenden kann: er wird dadurch nur noch manifester. Hüte dich jedoch, Einwände zu LIEFERN.

14. Älter zu werden als sechzig Jahre, ist kein großes Vergnügen und oft ein Malheur. Bedenke das, wenn du Dreißig bist, und karge nicht mit dir. (Zudem: der Sparsame siegt nicht.)

15. Wer mit Politik sich beschäftigt, ist nicht bloß kein Genießer, sondern fast immer auch irgendwo ein Krüppel. Solltest du aber einen sadistischen Sektor besitzen, den du nicht zu aktifizieren wagen kannst, so schiebe ihn gleichwohl dahin ab. Du wirst ihn hier vollauf und gefahrlos befriedigen.

16. Problematisch ist nur, was nicht evident ist. Und was nicht evident ist, ist meistens gar nicht der Rede wert.

17. Eine pathologische Belastung ist freilich kein sanftes Ruhekissen. Vielmehr ein kontinuierlicher Stachel. Freu dich dessen und wirf den Arzt hinaus, der dir ein Sanatorium einreden will.

18. Die Welt wird immer kleiner. Vergiß es nicht. Sonst kann es dir passieren, daß du meinst, weit vom Schuß zu sein, und du stehst vor dem Pistolenlauf.

19. Dramatisiere nie. Vereinfache immer.

20. Wann du wirklich alt bist? Wenn es dir kein Vergnügen mehr macht, ein Publikum zu haben.

21. Tüchtig ist, wer nicht gegen die Gesetze sich vergeht. Tüchtiger, wer sich nicht auf sie verläßt. Am tüchtigsten, wer immer wieder daran sich erinnert, daß nur staatliche Funktionäre sie ungestraft übertreten dürfen.

22. Hellhörig ist, wer immer und überall den Pferdefuß sieht.

23. Wenn du in Gesellschaft plötzlich Blutandrang zum Gehirn verspürst, so schweige sofort und lächle zu allem. Andernfalls könntest du eine so fürchterliche Dummheit machen, daß du erst nach Jahren, und nur durch einen Zufall, erfährst, eine gemacht zu haben.

24. Es gibt eine Art von Selbstzufriedenheit, die sogar dem dir am nächsten Stehenden mißfällt.

25. Niemand kann sehr lange aus dem Vollen auf das Leben losgehen. Es kommen ebenso viele böse Zufälle wie gute. Man muß im richtigen Augenblick aufzuhören wissen. Sonst geht man unter. Manchem widerfährt das freilich schon beim ersten Schritt. Sehr Wenigen nie. Rechne aber nicht darauf, zu diesen zu zählen.

26. Du magst noch so stark sein, wenn deine Erfahrung minimal ist, kannst du schneller und furchtbarer zugrunde gehen als ein regulärer Dummkopf.

27. Obschon mancher Querkopf unerträglich zu sein pflegt, bemerkst du, wenn du ihn verlassen hast, daß er dir näher steht, als dir lieb ist.

28. Um zeigen zu können, daß man baronisiert, muß man

faktisch und in jeder Hinsicht unabhängig sein. (Oder SEHR stark.)

29. Spricht jemand so langsam und bedächtig, daß du dich wunderst, ihm immer noch zuzuhören, dann achte darauf, ob er nicht vielleicht etwas Bedeutendes (Truc!) sagt.

30. Jahrhunderte hindurch wurden in alle Dinge Tiefen hineingeheimnist, die sie niemals hatten. Das hat sehr viel Unheil angerichtet. Banalisiere die Dinge und du wirst Erfolg ernten und Chancen säen.

31. Die Zeit nicht nach dem Kalender zu rechnen, sondern nach gewissen Begebenheiten des Jahres, erscheint wie ein schlechter Scherz. In Wirklichkeit ist es lediglich eine Frage der Willenskraft, die in unerwartetem Maße durch eine große Erhöhung des Lebensgefühls sich belohnt macht. Die oft unerschöpfliche Kraftreserve überlegener Naturen (Rasta) setzt sich aus solchen Eigenwilligkeiten zusammen.

32. Huren machen oft während des Stehens oder beim Umkehren Bewegungen mit dem Absatz, die auf den ersten Blick die Straßen-Habituée verraten. Hast nicht auch du kleine Gewohnheiten, die mehr von dir preisgeben, als rätlich ist?

33. Das beste Mittel, dir oft selber das Leben zu retten, ist, feig zu sein. Sei nur dann mutig, wenn es sich lohnt; und schärfe dir ein, daß Mut nichts weiter ist als der verfluchte Hang, in unterlegener Form oder gegen die Überzahl einen Kampf aufnehmen zu wollen.

34. Wenn du noch nicht die bissigen Beichten eines Impoten-

ten gehört hast, seine gräßlichen Flüche und ohnmächtigen Begierden, weißt du nicht, wie gut es dir geht.

35. Will dir das absolut Spekulative aller Ethik nicht in den Kopf, so mache eine Reise um die Welt. Du wirst nachher Bergson und Spinoza lesen wie ... wie wenn du einen Besuch in einem Heim für Schwachsinnige machen würdest.

36. Umgehe es mit größter Gewissenhaftigkeit, von deinem Privatleben so zu sprechen, wie du es mit dem der Anderen und mit allem andern gewöhnt bist. Umgibt dich nicht letzthin der Schleier des Rätselhaften, Besonderen, vermag alle Überlegenheit (on sait) nicht, dir auf die Dauer jenen Einfluß zu schaffen, dessen du zum Erfolg (Betrag) bedarfst. Denn Alle treibt ein geheimes Nivellierungsbestreben. Gibst du dich ihm preis, wird es ihm gelingen, da alles zu nivellieren ist. Entziehst du ihm aber wichtige Teile deines Wesens, werden Alle doch immer wieder von dem Zweifel geplagt sein, es würde ihnen bei dir vielleicht doch nicht gelingen.

37. Laß dein Leben nicht zu regelmäßig werden. Du könntest Gefallen daran finden und in einem Jahr einen Bauch haben und ein Kind. Jeder Abstieg geht rasch vor sich. Und oft kommt der Stärkste dabei ins Laufen, ohne sich aufhalten zu können.

38. Scheue dich nicht, gelegentlich vorsichtig und kleinlich zu sein wie ein Bürger. Wer ausnahmslos mit sich umgeht wie der Regen mit Landschaft, wird plötzlich einmal im Spital liegen.

39. Gewiß, an deinem Ursprung steht der Desperado. Hast

du dich aber losgelassen, so mußt du es vergessen und kaltblütig sein und konzentriert.

40. Meditiere nie. Mache nur Pläne, Dupes und kein Aufhebens.

41. Bei entscheidenden Unternehmungen darfst du weder deiner Erfahrung völlig vertrauen noch deinem Verstand noch besonders günstigen Umständen. Probiere deinen Plan zur Gänze oder in Raten abseits durch, bevor du ihn am gewählten Objekt ausführst.

42. Du wirst immer wieder Erfolg haben, wenn du nie außer Acht läßt, daß nicht der Glaube an ihn ihn zwingt, sondern dessen Verachtung.

43. Laß dich nicht durch den Erfolg dazu verleiten, das Sprungbrett deiner inneren Tabula rasta wegzustoßen. Es ist das Geheimnis deiner Kraft und deines Sieges. Fällst du auf dich selber hinein, beginnst du, an deine Überlegenheit als etwas Positives zu glauben, wirst du beim nächsten Sprung schon nicht mehr denselben Anlauf haben und zu kurz kommen.

44. Befällt dich die große Wut, unternimm sofort etwas. Wenn du nichts anderes in Griffnähe hast, erkläre einem sechsjährigen Mädchen die Kraft des Mondlichts.

45. Solange du dich noch nicht so erniedrigen kannst, wie du deinen Hut aufsetzst, hast du immer noch ein wenig falsches Selbstbewußtsein.

46. Alles, was immer auch man von dir erbittet, versprich, zu

erfüllen. Ja versprich es so freudig, daß jeder Zweifel an der Echtheit deines Versprechens dahinschmilzt. Wenn du es dann nicht gehalten hast, wird man dich bereits so gepriesen haben, daß es nicht mehr angeht, das Gegenteil von dir auszusagen.

47. Es wird in der Welt regiert, indem Komödie gespielt wird. IN DIESEM ZEICHEN ALLEIN WIRD GESIEGT. Drum kämpfe nie um etwas. Spiele dich – VOR.

48. Die Unermeßlichkeit deiner Chance vermagst du am deutlichsten daran zu erkennen, daß es in allen Kulturländern Millionen von Menschen gibt, die sogar noch ein Fünftel dessen, was in den Zeitungen zu lesen ist, tatsächlich glauben.

49. Sprich nicht zu oft zynisch. Sei es immer.

50. Ärger darfst du nicht einmal markieren.

51. Sprich ironisch, ohne zu lächeln. Lächle, ohne zu reden.

52. Markiere so oft, wie es angeht und ohne daß es auffällt, großes Erstaunen.

53. Lobe oft. Bewundere selten. Tadle nie.

54. Fühle dich als Taschenspieler des Geistes, als Fregoli der Persönlichkeit.

55. Dein größter Vorteil? Nicht zu sein, was du scheinst; ja nicht einmal scheinen zu wollen, was du nicht bist.

56. Trau, schau, niemandem.

II

Menschenkenntnis

57. Wer das Leben als schön preist und die Menschen als gut, ist entweder ein Schwachkopf oder einer, vor dem du sehr lange auf der Hut sein mußt.

58. Erzählt dir jemand, er werde von morgen an ein neues Leben beginnen, so kannst du sicher sein, daß ihm etwas sehr Unangenehmes zugestoßen ist, vielleicht sogar etwas Tragisches. Oder es wedelt dahinter bloß eine Dame mit dem Busen.

59. Wer an allem seinen Verstand wetzt, mit dem gib dich nicht weiter ab. Nur wer über alles etwas zu sagen weiß, kann dir nützlich sein.

60. Leute, die wie leibhaftige Tiger herumschleichen, sind meist wenigstens Luxe.

61. Keiner ist so unnachgiebig, wie er sich stellt. Selten einer so weich, wie du ihn haben möchtest.

62. Erinnere dich, daß jeder, der neben dir litt oder von seiner Liebe zu dir sprach, dir nur ein unklares Gefühl von Ungeduld verursachte. Du wirst dann nie den groben Fehler machen, Andere mit dir zu beschäftigen, wenn du willst, daß sie mit dir sich beschäftigen.

63. Menschen mit dicken Adern auf den Händen sind nicht immer alt, aber sehr oft noch boshafter und eitler als Krüppel.

64. Wenn derjenige, mit dem du im Gespräch bist, plötzlich auf die Wand blickt, als spräche er mit einem Abwesenden, so steht er zweifellos unter dem Einfluß einer starken Persönlichkeit (Rasta). Willst du diesen brechen, so mußt du gewärtig sein, ihn weder durch Geld noch andere Vorteile erschüttern zu können, sondern nur durch die größere Stärke deiner Persönlichkeit (Rasta)[2]. (Oft auch, wenn ein Mensch in unbegreiflicher Weise handelt, wird die Ursache dieselbe sein.)

65. Wer sich häufig argwöhnisch zeigt, ist fast immer ein vertrauensseliger leichtgläubiger Patron und eine schnelle Beute.

66. Wird heftig gestritten, so spitz die Ohren. Es ist oft nur ein (Geschlechts) Hungergezänk.

67. Aufdringliche wirst du am leichtesten los, wenn du ihnen sagst, daß du einen Bordellwirt erwartest, dem du Geld schuldest.

68. Wer sekkiert, ist fast stets krank.

69. Die Verläßlichsten sind diejenigen, welche viel fragen und dir erst nach zwei Tagen antworten. (Absolut verläßlich aber ist niemand. Jedem kann es widerfahren, daß er morgen einen Mord begeht.)

70. Ist es dir, als hätte die Stimme deines Gegenüber einen Sprung, so hast entweder du eine Chance oder jener wird nie wieder eine haben.

71. Wer kein Blut sehen kann, hat schwerlich jemals welches vergossen. Er ist bloß ein Schwächling.

72. Der Haß des Schwachen ist so geschmeidig, daß du ihn oft erst wahrnimmst, wenn du längst schon mit ihm verfeindet bist.

73. Zähle nicht ernsthaft auf jemanden, der von einem Gespräch gänzlich sich absorbieren läßt.

74. Redet einer beim Zuschnüren seiner Stiefel über Buddha, so kannst du ihn augenblicklich erfolgreich anpumpen.

75. Leute mit schmalem Rücken sind schlau, mit breitem gutmütig oder dummstolz. Abfallende Schultern weisen auf Rachsucht hin.

76. Wer wirklich zutraulich ist, ist zwar oft ein Angsthase; öfter aber bloß neugierig.

77. Schweige nur dann lange, wenn du die Situation vergiften willst.

78. Es ist ein Fehler, jemanden, den man seinem Milieu entreißen will, zu kompromittieren. Kompromittiere sein Milieu vor ihm.

79. Lügner sind fast immer dann aufrichtig, wenn ihre Phantasie zu ermüden beginnt. Laß es dich die Zeit nicht verdrießen und du wirst hören, was du zu wissen wünschst.

80. Wer ins Debattieren gerät, dem antworte nicht mehr. Nur wer monologisiert, wird dir vielleicht etwas sagen.

81. Aus wessen Blick der Wille spricht, zu fesseln und zu unterwerfen, dem wird es oft schon gelungen sein.

83. Klopft dir einer bereits nach den ersten Worten auf die Knie, so wird es dir kaum schwer fallen, ihn anzulügen. Schlage ihm aber nicht jovial auf die Hand: es könnte sein, daß er dann aufhört, dir zu glauben.

84. Gebieterische Menschen sind nicht zu fürchten, nur herrische.

85. Wenn jemand, der lange geschwiegen hat, plötzlich leise vor sich hin lächelt, so ist der Augenblick da, ihm jene Frage zu stellen, die dir am wichtigsten ist. Denn er wird so unüberlegt lügen, daß du das Richtige ertasten kannst.

86. Wer von allem stets sofort die Preise kennt, ist ein sehr billiger Bursche, aber tüchtig.

87. Interessante Menschen (sozusagen) sind immer ein wenig brutal.

88. Manchmal darfst du nicht zu genau zuhören. Du könntest SEINEN Faden verlieren. Und oft kannst du dir das Zuhören überhaupt ersparen: schau ihm ins Gesicht, es wird aufschlußreicher sein.

89. Ißt einer schon um zehn Uhr früh Frankfurter Würstchen mit Sauerkraut, so darfst du nicht hoffen, auch nur ein einziges Mal etwas Gescheites von ihm zu hören.

90. Wenn die Stimme des Andern dich irgendwie aus dem Gleichgewicht bringt, so meide sie geflissentlich.

91. Wer bei jeder Gelegenheit heftig schimpft, aber gar nicht so aussieht, der meint es fast immer so.

92. Wortkarge Menschen sind im allgemeinen schwer zu behandeln. Behandle sie gar nicht: sie werden die Sprache wiederfinden.

93. Ungeachtet ihrer scheußlichen kleinen Gewohnheiten sind Viele oft sehr feinfühlend. Versuche nicht, diesen Widerspruch dir zu erklären; begnüge dich, ihn achselzuckend hinzunehmen. Wende dich überhaupt kurzerhand von allem ab, das auf den ersten Blick ein Nonsens ist. Du wirst viel Zeit gewinnen, die sonst verloren wäre.

94. Nicht der Widerwille vor der Welt, in der alle verraten, verkaufen und betrügen, macht viele Menschen zu Eigenbrödlern, sondern die Furcht davor, nicht genug Kraft zu haben, unablässig zu mißtrauen, zu spiegelfechten und zu plündern.

95. Neigst du zum Exzentrischen, Überschwänglichen, so gestatte dich dir nur für den Privatgebrauch. Publikum würde dich schnell albern finden.

96. Wer, kaum daß er eingetreten ist, aller Augen sofort auf sich lenken will, ist entweder von Beruf Schauspieler oder ein erbärmlicher Stümper.

97. An burschikoses Benehmen darfst du nie und nimmer glauben.

98. Will es dir nicht gelingen, über einen Menschen ins Klare zu kommen, so versuche, ihn dir nackt vorzustellen. Fällt

diese Vorstellung zu seinen Gunsten aus, so hast du immerhin schon einen Schimmer von ihm.

99. Wenn einer, den du lange Zeit kaum beachtet hast, dir plötzlich die Laune erweckt, ihn kennen zu lernen, so hat er, ohne daß es dir bewußt geworden ist, bereits allerlei zu diesem Zwecke unternommen; wird also etwas von dir wollen.

100. Spricht jemand mit dir, als hätte er seine Informationen direkt aus dem Munde des Erhabenen bezogen, so frage ihn, wie lange er schon gesessen – hat.

101. Sei nicht zu interpretativ. Der Mensch ist viel gedankenloser und verworrener, als diejenigen auch nur ahnen, die ein mißgünstiges Geschick zu Dichtern machte.

102. Alles läßt sich lächerlich machen. Obliege diesem Vergnügen jedoch nur mit deiner Geliebten, deren Leidenschaft für dich dadurch noch wachsen wird. (Jede Frau ist eine versteckte Anarchistin.) Männern gegenüber unterlasse es: deine Kreaturen lähmst du dadurch; und deine Gesellschafter werden dich bald lächerlich finden.

103. Unterschätze nie die Macht eines Milieus. Eine Unterredung, die du in der Hall eines Palace verlierst, hätte vielleicht mit deinem Sieg geendet, wenn du sie in einem kleinen Café unternommen hättest; und eine Frau, die hier sich dir entzieht, hättest du wohl in einer Bar überredet. (Ist umso mehr sich einzuprägen, als gerade jene Details, die bereits ein wenig verbreitet sind, mit Vorliebe außer Acht gelassen werden.)

104. Wer besonders prätentiös auftritt, ist es manchmal sogar.

105. Trachte, die Bedürfnisse der Menschen in deiner Umgebung zu steigern. Die stattfindenden Befriedigungen werden das Lebensgefühl erhöhen und – deine Chancen.

106. Es ist nicht immer zu verhindern, daß du für Minuten, oft noch länger, die (Vordergrund) Gewalt über dich verlierst. Trachte aber, wenigstens noch so viel Besinnung zu bewahren, sie nicht einem Andern über dich einzuräumen. (Hierin unterstützt dich am besten ein Merkwort, das du augenblicks halblaut vor dich hinsagen mußt, sobald dir jenes widerfährt. Z. B. »Lunapark«.)

107. Der Umstand, daß jeder, der über dich lächelt, dies in der festen Überzeugung tut, dich zu beleidigen oder zu ärgern, mag dir so recht beweisen, wie voll die Welt von Kaffern ist.

108. Könntest du als das Monstrum von Gleichgültigkeit, das du bist, auch optisch erscheinen, wärest du nach einem Spaziergang von zehn Minuten tot. Kein Mensch könnte dich auch nur eine Sekunde aushalten, ohne mit beiden Fäusten sich auf dich zu stürzen. (Für den Fall, daß in Gesellschaft die Lust dich ankommt, mehr zu sagen, als du wagen darfst, wähle das Merkwort »Narrentod«.)

109. Beweise nur dann etwas, wenn du dich unter großen Dummköpfen befindest oder unter Professoren und Zeitschriften-Abonnenten.

110. Wer ein richtiges Volapük spricht, ist niemals in einer soliden bürgerlichen Position und bestenfalls ein Artist.

111. Menschen, die alles intensiv miterleben, taugen nicht zum Leben und werden dir immer und überall Mißhelligkeiten und Verluste verursachen.

112. Wer Menschen beherrschen will, darf sich nie verblüffen lassen.

III

Reisen und Hotels

113. Wer viel reist, hat mehr Unglück, aber auch beiweitem mehr Chancen als Andere.

114. Die Chance ist keine Hausiererin; aber gleichwohl immer unterwegs.

115. Überall ist es erträglich. Doch am erträglichsten im Ausland.

116. Die bürgerliche Maffia aller Länder ist sehr mächtig. Ermiß es daran, daß jeder Eingeborene, würde er so leben wie du als Landfremder, in wenigen Monaten ruiniert wäre. Dich duldet man, weil man dich nicht ruinieren kann.

117. Jeder Eingeborene darf dich als Landfremden auf offener Straße begrinsen. Tätest du dasselbe, wärest du sehr wahrscheinlicher Weise nach einigen Tagen – vermißt.

118. Der Chauvinismus und Nationalstolz eines jeden Landes mag dich erkennen lassen, wie weit jedes Volk davon entfernt ist, ein Recht auf diese beiden Eigenschaften zu haben. Dieses hätte jenes Volk, das ein Lob nur von Person zu Person akzeptiert und von jenen beiden Eigenschaften nichts wissen will. (*»Och!«* Ja, aber du darfst es nicht äußern.)

119. Daß du fast jedem mit seiner Nation leichter und sicherer schmeicheln kannst als persönlich, sei dir stets parat. Dann wirst du angenehm und störungslos reisen.

120. Oft ist es schlauer, mit einem Personenzug zu reisen, als drei Stunden früher anzukommen. Oder umgekehrt. Sich hierin niemals zu irren, verrät die Meisterschaft.

121. Während des Reisens sei besonders schweigsam und inabordabel.

122. Große Provinzstädte sind ganz besonders geeignete Operationsgebiete, weil sowohl der Mangel an Abwechslung als auch das Fehlen der häufigen Störungen der Großstadt deinen Charme und deine Trucs um vieles gründlicher wirken lassen.

123. Wisse wohl, daß du nach einer gewissen Zeit überall auffällst. In Genua oder Barcelona (z. B.) spätestens nach vier, in Hamburg oder Neapel nach acht Wochen und in Marseille, das eine besonders gefährliche Stadt ist, schon nach zehn Tagen. (Zu einem Schiff erscheint man frühestens vier Tage vor seiner Ausreise.) Nur in Berlin, Paris und London erregst du erst nach einem Jahr die Aufmerksamkeit, falls du einen Stadtteil vorziehst und nicht zurückgezogen lebst.

124. Paris und Berlin seien deine Hochburgen. Hier ist Wagemut, Behendigkeit und sehr viel Verstand. Du hast es nicht leicht, aber sämtliche Möglichkeiten offen.

125. Vermeide eine Reise, wenn ein Brief denselben Zweck erfüllt. Es ist besser, ein Papier aus der Hand zu geben, als von Allzuvielen persönlich gekannt zu sein.

126. In Deutschland trage keinen Schmuck, in Frankreich, Amerika und England nur wenig, in Italien viel. In Spanien

und Südamerika aber ist fast nichts zu machen, wenn du keinen Brillantring hast.

127. Mache von der landesüblichen Kleidung stets ein kleines Detail mit, das für dich sich eignet.

128. Meide Stundenhotels. Hier wirst du STETS gesehen.

129. Wenn du einen Hotelportier nicht behandelst, als hätte er Macht über dein Leben, wird er dein Feind. Hohe Trinkgelder fruchten durchaus nicht immer.

130. Es ist unwichtig, wie du in einem Hotel auftrittst. Hotelangestellte haben schon alles gesehen und in allem sich getäuscht. Hohe Trinkgelder schaffen dir mehr Prestige als eine gestickte Krone im Taschentuch. (Habe mehrere kleine Koffer; keinen großen.)

131. Weist man dir in einem Hotel, in dem man dich nicht kennt, ein kleines Zimmer nach dem Hof an, so ist alles in Ordnung. Gibt man dir aber ein großes elegantes nach der Straße, so hält man dich für einen Andern oder wünscht, dich zu beobachten.

132. Bilde dir nicht ein, daß Telefongespräche, die du von deinem Hotelzimmer aus führst oder in der Hall, keine Ohrenzeugen haben.

133. Schlafe nie mit dem Stubenmädchen. Tagsdarauf weiß es das ganze Hotel und du wirst behandelt, als hättest du mit dem Messer gegessen.

134. Willst du eine Dame in dein Hotelzimmer lanzieren, so

verzichte auf alle Trucs der Ein- und Ausschmuggelung, da unliebsame Zwischenfälle zu häufig sind und die Folgen zu unangenehm. Schicke deine Auserwählte ins Hotel voraus, damit sie sich in derselben Etage ein Zimmer miete.

135. Dein Stubenmädchen weiß stets alles, was du im Hotel tust. Gib ihr deshalb von Zeit zu Zeit ein gutes Trinkgeld aus heiterem Himmel, um dir diesen zu erhalten.

136. Ist es dir nicht gelungen, dir im Hotel Respekt zu verschaffen, ziehe sofort in ein anderes und, ist die Stadt nicht groß, in eine andere.

137. Wirst du im Hotel mit einer Höflichkeit bedient, die gleichsam immer erst einen Anlauf nehmen muß, so ist man mißtrauisch gegen dich. Steigern sich die Bücklinge dermaßen, daß du den Trieb verspürst, dich umzuwenden, um ihr Objekt hinter dir zu suchen, so wirst du beobachtet. Wenn aber eines Tages nur jeder dritte Angestellte im Hotel dich mit kaum wahrnehmbarem Kopfnicken begrüßt, so reise mit dem nächsten Zug ab.

138. Iß gelegentlich im Hotel und zeige dich anspruchsvoll. Man wird es dir übelnehmen, aber Achtung vor dir haben. Iß auch niemals alles auf, magst du noch so großen Hunger haben. Sonst hält der Kellner dich schon fast für seinesgleichen.

139. Klingle im Hotel so selten wie möglich. Andernfalls wird der Moment nicht lange auf sich warten lassen, da du mit nassen Gliedern im Zimmer stehst und schließlich zum Leintuch greifen mußt. (Schon manch einer hat auf diese Weise den letzten Zug verfehlt, der ihm die Freiheit hätte erhalten können.)

140. Ist es dir gelungen, dir im Hotel großen Respekt zu verschaffen, so darfst du dir sorglos viel mehr erlauben, als ein wohl konsolidierter Bürger jemals auch nur zu träumen wagt.

141. Wohne unter keinen Umständen länger in einem Hotel als drei Wochen. Es könnte auffallen. Wagst du es nicht, länger als vier Tage zu bleiben, so lasse alles auf einen Aufenthalt von vier Wochen hinweisen.

142. Du kannst auch das Hotel verlassen, indem du um sechs Uhr morgens dem Portier, der noch halb verschlafen ist, ein Telegramm unter die Nase hältst, das dich dringend nach London ruft. Um sechs ein halb kannst du bereits im Zug sitzen und immer noch weiß es nur der Portier; glücklicher Weise aber nicht, daß dein Telegramm schon wochenalt ist und zum dritten Mal zu demselben Zweck von dir verwendet wurde.

143. Hinterlasse beim Verlassen des Hotels stets eine Adresse. (Du kannst sie vielleicht sogar einmal benützen.) Und äußere, daß wohl ein Herr morgen nach dir fragen werde: man möge ihm sagen, noch eine Woche sich zu gedulden, dann seist du wieder hier. Fragt jemand nach dir, so wird er beruhigt oder entwaffnet. Und ist es ein Detektiv, so machst du ihm eine kleine Freude.

144. Hotelzimmer mit versperrten Verbindungstüren weise zurück, wenn es angeht. Bestenfalls wirst du durch Geräusche am Schlafen verhindert. Schlimmstenfalls beobachtet man dich oder legt ein Mikrophon an.

145. Betritt kein anderes Hotelzimmer als das deine, es sei

denn, du wissest, wo du hingehst. Wer nicht zu dir kommen will, mit dem besuche einen fingierten Dritten in einem andern Hotel, wo du telefonisch ein Zimmer bestellt hast.

146. Wechselt, während du in einem zweitklassigen Hotel wohnst, der Besitzer, so ziehe sofort aus.

147. Sprich mit dem Hotelpersonal nur das Nötigste, aber sehr höflich. Dem Stubenmädchen lächle täglich zumindest einmal zu.

148. Beim Verlassen des Hotelzimmers wende dich stets an der Tür noch einmal um und wirf einen prüfenden Blick um dich: du könntest den Koffer nicht zugesperrt, einen Brief liegen gelassen, eine Parfumflasche nicht eingeschlossen haben. Es ist zwar jedem Hotelkellner ein leichtes, mit Hilfe seiner umfangreichen Schlüsselsammlung alle Schränke und Koffer zu öffnen, du wirst aber in diesem Falle schwerlich bestohlen werden. Immerhin: willst du ganz sicher sein, daß irgendetwas, das du von keinem Auge gesehen wissen willst, auch nicht gestohlen wird, mußt du es immer bei dir tragen.

149. Bist du gezwungen, dritter Klasse zu reisen, so gib dich als Commis-voyageur aus. Das ist nicht nur vorteilhaft, weil es dir Übung verschafft, es wird auch den Elan steigern, mit dem du dich kurz nach der Ankunft zum Fabriksdirektor erhöhst.

150. In Berlin wirst du Mißtrauen erregen, wenn du behauptest, daß die deutschen Männer sich scheußlich kleiden und du für Cassis große Vorliebe hast. In London Ärger, wenn du nicht tadellos ißt und englische Städte häßlich heißt. In Paris Mißfallen, wenn du gar nicht von dir sprichst und dich

ärgerst, daß es überall nach Urin riecht. In Rom ironische Heiterkeit, wenn du großes Interesse für das nicht existierende Nachtleben kundgibst und über Zugluft in den Lokalen klagst. Und in Madrid Verachtung, wenn du Kinder nicht liebst und behauptest, außer den Stiergefechten hätte dich im Grunde nichts sonderlich interessiert. Auch Länder können die Wahrheit nicht vertragen und sind unduldsamer als mancher Privatmann.

151. Verkehrst du in einer Gesellschaft, in der Angehörige mehrerer Nationen sich begegnen, so hüte dich, und sei es aus purer Courtoisie, jedem über sein Volk etwas Angenehmes zu sagen. Beschränke dich darauf, im Zwangsfalle zu nicken oder den Kopf zu schütteln. Wenn ein unglückseliger Zufall es will, spricht ein Österreicher mit einem Tschechen über deine Lobesäußerungen über Wien, worauf dieser über jene sprechen wird, die du über Prag fallen ließest. Du kannst zufrieden sein, wenn beide dich von nun an bloß für einen abgefeimten Heuchler halten.

152. Solange du noch nicht in den Wagon steigen kannst wie in eine Straßenbahn, darfst du dich nicht wundern, wenn dir das Wichtigste nicht glückt.

153. Auf Reisen und in Hotels mußt du überall dort, wo Diplomaten, Großindustrielle und Liftboys mit Psychologie arbeiten, leicht mit dem Kopf winken. Der Effekt wird, wenn du sonsthin bereits auf der Höhe bist, dermaßen überwältigend sein, daß du darauf achten mußt, nicht größenwahnsinnig zu werden.

154. In der Schweiz sind Haß und Neid um die Hälfte geringer als anderswo. Das ist zum Teil im Wesen der Einwohner

begründet, zum Hauptteil aber in dem landschaftlichen Charakter der Städte und dem Fehlen einer Großstadt. Verbringe deshalb hier deine Ferien; jährlich wenigstens vier Wochen. (Siehe auch unter VI, 354.)

155. Bezahle die erste Wochenrechnung stets sofort, die zweite spätestens nach drei Tagen. Andernfalls entstehen dir Unannehmlichkeiten von oft unwahrscheinlichem Ausmaß. Verlasse auch nie ein Hotel, ohne bezahlt zu haben. Die Folgen wären schlimmer, als wenn du eine Bank ungeschickt um eine Million betrogen hättest.

156. Wohnst du im ersten Hotel einer Stadt, ohne zufrieden gestellt zu sein, so bleibe darin, wenn es nötig ist. Anderswo fändest du nur andere Fehler vor.

157. Halte dich in den Lokalitäten eines Hotels stets und überall nur ganz kurze Zeit auf.

158. Benütze immer den Lift; auch wenn du dein Zimmer verläßt. Mußt du einmal aus besonderen Gründen die Treppe benützen, so klingle dem Liftboy: es wird den Anschein haben, als habest du die Treppe nur aus Ungeduld benützt.

159. Wohne nie in Pensionen, in den romanischen Ländern nur in erstklassigen Hotels, stelle deine Schuhe nie vor die Türe und lasse alles, was du einkaufst, dir ins Hotel schicken.

160. Wöchentlich einmal beschimpfe in deinem Zimmer bei verschlossener Tür einen Herrn, der nicht bei dir ist, so heftig, daß man es im Korridor hören muß. Mehr noch als dies wird es imponieren, daß niemand den Bedauernswerten weggehen sah.

REISEN UND HOTELS

161. Verlasse EINMAL das Hotel, laut vor dich hinsagend: »Jamais!«

IV

Frauen

162. Von Herrschaften abgelegte Maitressen trage man nicht.

163. Manche Frauen gehen gleichsam kurz angebunden. Teils wollen sie sich Mut machen, nein zu sagen, teils verraten, daß sie nicht fest angebunden sind.

164. Viele Frauen, die niemals etwas Gescheites sagen, kann man daran als durchaus nicht dumm erkennen, daß sie nicht die Geduld haben, Dummheiten sich anzuhören.

165. Wer in der Liebe es nicht als Autodidakt zur Meisterschaft bringt, dem helfen auch alle Fachwerke nichts. Allerdings ist es stets wichtig, nicht aus der Übung zu kommen.

166. Hoffe nicht, daß ein Mann, dem die Frau an deiner Seite sehr gefällt, sie deinetwegen respektiert. Wenn du also ihrer sicher sein willst, mußt du so respektlos sein, daß sie nur vor dir Respekt hat; und jeden, der keinen vor dir hat, so wenig respektiert, daß ihm alles nichts hilft.

167. Fällt es dir schwer, eine Frau dir botmäßig zu machen, so zwinge sie, drei Stunden mit dir in einem Zimmer zu verbringen, in dem kein Spiegel sich befindet.

168. Entkleide Frauen nur dann, wenn du es anders nicht erreichen kannst. Denn dein völliges Désinteressement an dieser Beschäftigung kündigt ihnen sofort den Meister an.

169. Willst du die Einstellung einer Frau zu ihrem Gatten

oder Geliebten mit Sicherheit feststellen, zwinge sie zur Opposition.

170. Um wie viel aufrichtiger ist nicht eine Kokotte, die sich bezahlen läßt, als eine Ehegattin, die im Bett ein neues Kleid erpreßt. (Ein Geschlechtsverhältnis beginne, wie es mag, nach einiger Zeit dominiert die Geldfrage.)

171. Frauen sind von ihren Einfällen, die sie fast stets für die ihren halten, gerne über Gebühr entzückt; Männer auch dann, wenn sie wissen, daß es nicht die eigenen sind. Deshalb widersprich nur Frauen.

172. Wird deine Geliebte ganz plötzlich überaus zärtlich zu dir, so hat sie dich sicherlich kurz zuvor betrogen.

173. Es ist ein Irrtum, zu glauben, daß schwarzhaarige Frauen meist ein wenig unsauber seien, blonde ein wenig beschränkt. Solcherlei Aperçus geben mit Vorliebe berühmte Autoren von sich, weil es geistreich wirkt und ihr Prestige es den Lesern schwer macht, schnell zu bemerken, daß sie Quatsch (Blague!) gelesen haben.

174. Der allgemeine Schwachsinn des Weibes verrät lediglich den seines Entdeckers. Es gibt gescheite und dumme Frauen. In jeder Hinsicht unbrauchbar sind nur diejenigen, welche, ohne Phantasie zu haben, gescheit sind.

175. Ein berühmter Franzose äußerte, daß keine Frau um eines Mannes Willen ein Auto im Stiche lasse, es sei denn, sie könne in ein anderes steigen. Ganz abgesehen davon, daß eine Frau gar nicht so herrlich und in Freuden leben kann, um ihr nicht eine Abwechslung bereiten zu können, ver-

schaffe dir den Triumph, jenen Schwätzer durch die Tat zu widerlegen, und den süßeren, mit jener Frau, zu deren Abwechslung du dich gemacht hast, herrlich und in Freuden zu leben.

176. Eine Frau, die sich nicht schminkt, obwohl sie dessen bedarf, ist so dumm wie eine, die umhergeht, als wäre sie weit im Umkreis die Schönste, weil man ihr schon von ferne das Unterleibsleiden ansieht. In beiden Fällen wäre die einzige Hoffnung, daß die Bemühung dir sich lohnte.

177. Frauen, die etwas Furchtsames, Zögerndes haben, sich erfolgreich zu nähern, ist nicht schwer; solchen aber, welche unter einer Vorstellung von sich leben, die ein verliebter Philosoph (Esel!) ihnen beigebracht hat, ganz besonders leicht. In einer halben Stunde kannst du ihnen jenes Trugbild durch eine Privatvorstellung ersetzen, die ihrer wahren Natur und deinen weiteren Absichten entspricht.

178. Alarmiere die Blicke einer Frau nur dann, wenn du stürmen willst. Unbenützt erwiderte Koketterien verzeiht jede, verschmähte Avançen nie.

179. Willst du so lange wie möglich der Liebhaber einer Frau bleiben, so sei vor allem darauf bedacht, auch HIERIN ihre – rechte Hand zu sein.

180. Gib dem Zimmer, in dem du eine Frau empfängst, stets den Ausdruck des Riskierten. Allenfalls den einer Mönchszelle.

181. Zeige dich der Frau, die du begehrst, nicht zu oft, ohne dich ihr zu nähern. Sie könnte, auch wenn sie auf den ersten

Blick sich in dich verliebt hätte, schon nach acht Tagen dich nicht mehr sehen können.

182. Vermeide es während des Tanzens, ein Gespräch mit deiner Partnerin zu führen, das ihre volle Aufmerksamkeit erfordert. Nicht nur dein Tanzen würde darunter leiden: auch ihre Aufmerksamkeit für dich.

183. Die Gunst einer Snobistin kannst du im Nu gewinnen, wenn du ihr, in einer Bonbonnière verpackt, einen kleinen Browning schickst. Vergiß aber beileibe nicht, ihn ihr, sobald du alles erreicht hast, heimlich wegzunehmen.

184. Wenn eine Frau dich fragt, wie sie am sichersten Kinder verhüten könne, so bemühe dich nicht weiter. Sie ist entweder reizlos oder krank. (Und nur ganz selten in irgendeinem Betrachte eine Überraschung, mit der du freilich kaum viel wirst anfangen können.)

185. Küßt eine Frau dich ohne Atem und Besinnen, so kannst du mit ihr nach drei Tagen machen, was du willst. Oder sie wird schon tagsdarauf deinen Gruß nicht erwidern.

186. Eine Frau, die du dazu bewegen willst, in irgendeiner (nicht-sexuellen) Sache dir zuwillen zu sein, besuche tagsüber. Abends wächst der Einfluß der Frauen.

187. In eine Frau dich zu vernarren, ist nur dann gefährlich, wenn deine Begehrlichkeit dich dermaßen überschwemmt, daß sie dir den Blick trübt. In diesem Fall zögere nicht, eine Andere als Borwasser zu benützen.

188. Hat bei einer sehr anspruchsvollen Frau keines der noch

so gestuftesten Mittel Erfolg, so halte dich einige Stunden in einem Kuhstall auf, bevor du dich wieder zu ihr begibst. Sie wird dir betäubt in die Arme sinken.

189. Nur ein Stümper oder ein Geizkragen bequasselt ein Mädchen stundenlang auf einer Parkbank. Er könnte sie in einer Viertelstunde haben, würde er sie in ein vornehmes Hotel führen, dessen Eleganz sie ja doch nicht zu widerstehen vermag.

190. Die Frau, welche Huren neugierig und wissend betrachten, ist deiner würdig. Denn die Erfahrung der Schäbigsten und Unscheinbarsten unter ihnen ist so groß, daß sie sogar dort, wo kein Verstand ist, welchen schafft.

191. Eine Dame der guten Gesellschaft, die du täglich mit einem anderen jungen Mann auf der Straße siehst, hat nur einen Geliebten, mit dem sie sich nicht zeigt. Willst du sie haben, so darfst du weder von Liebe reden noch dich mit irgendwelchen Künsten zu nähern versuchen. Iß und trink mehrere Abende mit ihr und scherze viel.

192. Halte Frauen, welche sich die Brustwarzen schminken, damit sie durch die Seide hindurchschimmern, nicht für leichte Beute. Sie dürften sehr anmaßend sein oder sehr geldgierig.

193. Weiß deine Geliebte nicht, wen sie in dir eigentlich vor sich hat, so gehe mit ihr um wie mit einem rohen Ei. Dann wird sie, wenn sie es erfährt, mit dir in gleicher Weise umgehen. Weiß sie aber, wer du bist, dann mußt du gewissenhaft dafür sorgen, daß sie alles falsch weiß. Denn will man das, was sie weiß, eines Tages von ihr erfahren, wird man es auch

wider ihren Willen, der nie schwer zu brechen sein wird. Aber es wird das Falsche sein.

194. Unterscheide wohlweislich zwischen einer Geliebten, welche dir treu ist, und einer, die dich betrügt. Jene wird sich nur dann an dir rächen, wenn sie weiß, daß du sie betrogen hast; diese lediglich, wenn sie erfährt, daß du weißt, wie sie dich betrügt. (Es sei dir wiederholt, weil es, man mag darüber REDEN, was man auch will, immer so war und bleiben wird. Wehe dir, wenn du auf solches Gerede hineinfällst.)

195. Vermeide es, falls es deinen Privatbedürfnissen nicht zu sehr in der Quere ist, eine Geliebte zu haben. Versorge dich sukzessive. Oder lege dir eine Kollektion an, die du ja so reichhaltig gestalten kannst, daß, wenn du mit ihr wieder von vorne beginnst, es wie eine neue Empfindung ist.

196. Eine Frau, die schwarze Wollstrümpfe liebt und lange Röcke, wird dir niemals die Mühe lohnen, die ein plötzlicher Spleen dich an sie verschwenden ließ. Eine aber, die immer wieder zerrissene Seidenstrümpfe trägt, ist entweder so begehrt, daß ihr die Zeit fehlt, sie gegen intakte auszuwechseln, oder eine Schlampen. Hier wie dort kann dir eine große Chance blühen.

197. Von einer Hysterica, mag sie noch so perfekt sich beherrschen, lasse die Finger. Sie wird ihre Maske in einem Moment durchbrechen, da du es nicht für möglich hieltest. Hysterie ist höchste Fähigkeit der Verstellung und tiefste Willkür der Böswilligkeit.

198. Eine Hysterica erkennst du am sichersten daran, daß sie

den Gesichtsausdruck und den Tonfall, welche der augenblicklichen Situation entsprechen, vollendet und mit Leichtigkeit produziert. Während Andere darum stets erst ein wenig sich bemühen müssen.

199. Eine Frau, die du wechselnden Direktiven gehorsam wissen willst, darfst du nur dann auf etwas anderes als die Sexualbeziehung zu dir fixieren, wenn es dieser dient. Sonst wird sie dir eines Tages plötzlich so widersprechen, daß all deine Heftigkeit vergeblich sein wird, und sich anderswo fixieren.

200. Ein Après darf es für dich nicht geben. Deine Geliebte muß froh sein, daß du sie schlafen läßt; jede aus deiner Kollektion, daß sie wieder an die Reihe kommt; und die Dame, zu deren Wohlbefinden du gehörst, daß du manchmal keine Zeit hast. Ist es anders, so schneide diesen Zweig deines Blühens resolut ab.

201. Gerätst du bei einer Frau, mit der du Wichtiges vorhast, immer wieder in Zweifel darüber, ob sie dir auch wirklich ergeben ist, so verletze tief ihren Stolz und ergreife ihre Hand. Überläßt sie sie dir auch nur ein wenig widerstrebend, so ist sie dir nicht ergeben.

202. Wenn eine Frau gesprächsweise sehr unmotiviert mit dir anbindet, kannst du sicher sein, daß sie etwas Außergewöhnliches von dir will. Komme ihr zuvor, indem du hinwirfst, daß du morgen dir den Magen herausnehmen lassen mußt.

203. Überzeugst du dich immer wieder, daß eine Frau dich

niemals anlügt, so will sie dich heiraten oder veranlassen, über irgendetwas ihr Wichtiges die Wahrheit zu sagen.

204. Mit einer Frau, die du noch nicht gehabt hast, tanze nicht Körper an Körper. Und hast du sie gehabt, erst recht nicht. Nur dann, wenn sie dir gleichgültig geworden ist. (Sehr wichtig!)

205. Oft ist es wirkungsvoll, mit einer Frau, die man erobern will, überhaupt erst nachher zu tanzen.

206. Mit Lesbierinnen kannst du große Erfolge erzielen, wenn du ihre Sexualität wie ein heiliges Mysterium beschweigst und ihnen mit undurchdringlicher Diskretion Kuppeldienste erweist. (Gilt auch für Homosexuelle.)

207. So oft es sich heimlich tun läßt, kupple. Aber stets gratis. Du wirst dir nach einiger Zeit alle Welt so verbunden haben, daß dein Budget um die Hälfte sich verringert.

208. Vermeide es, Frauen zu kompromittieren, mag deine Situation es dir noch so dringend gebieten. Du wirst zwar in diesem Falle irgendwie zu leiden haben, aber später (und sei es nach Jahren) immense Vorteile davon.

209. Bist du sicher, daß kein Mensch es erfährt, so schlafe, mit wem du willst. Zeigen darfst du dich aber nur mit derjenigen, die auch deine erbittertsten Feinde gerne neben sich sehen ließen.

210. Mach dir alle Bel-ami's und Zizisbeos zu Gönnern. Du wirst über all die Frauen, deren Liebe dir sich lohnen würde, so schnell und gut unterrichtet sein, daß du nicht nur überall

im Handumdrehen zum Ziel kommst, sondern auch bald in den Ruf eines Mannes von rarer Unwiderstehlichkeit und diabolischem Raffinement.

211. Bringe Frauen nur dann im Auto nach Hause, wenn es Nacht ist. (Kenne Edelsteine!)

212. Sollte es einmal sein müssen, so wohne nur bei alleinstehenden Frauen über Vierzig. (Nie bei Ärzten, Advokaten. Professoren, Apothekern.) Schlafe auch nicht mit ihren Töchtern.

213. Wohne mit deiner Geliebten nicht zusammen. Allenfalls in demselben Haus.

214. Zerreiße keiner Frau die Unterwäsche. Der Effekt mag noch so ergebnisvoll gewesen sein, am nächsten Morgen ist sie wütend und nachmittags werden deine Absichten es zu fühlen bekommen.

215. Schimpfe auf den Hut einer Frau nur dann, wenn du genau weißt, wer sie ihr zu kaufen pflegt.

216. Bemängle die Kleidung einer Frau stets, auch wenn du noch kein Interesse an ihr hast. Man wird dich zumindest zu schätzen beginnen. Summiert sich das, so wirst du in kurzer Zeit ein gesuchter und auch beglückter Arbiter sein.

217. Die Mode mag von dir fordern, was ihr auch an Blödheiten geglaubt wird: benütze stets ein gutes Männerparfum, wenn du zum Weibe gehst.

218. Ganz au fond zählt in der Liebe nur das junge frische Fleisch.

V

Trucs

219. Die Schwerhörigkeit Vieler ist meist nur zu einem Viertel organisch. Der Rest fällt zu gleichen Teilen auf die Unfähigkeit, Konzentriertes zu verstehen, auf den Ärger darüber und auf den glücklichen Einfall, der Mann spreche zu leise. Tue es und er wird besser hören.

220. Der liebe Gott ist eine immer schlechter wirkende Medizin für Kränkliche. Auch mit Theosophie wirst du nicht mehr viel ausrichten. Erzähle dem Kranken Zoten, niederträchtige Anekdoten und schiebe seiner Vergangenheit schlaue Lumpereien unter. Er wird dich nach einer Woche lieben, nach der zweiten beschenken, nach der dritten zum Erben einsetzen.

221. Willst du in einer Gesellschaft den Geistreichen spielen, ohne auch nur den Mund zu öffnen, so mache, so oft jemand etwas Feines sagt, ein Gesicht, als regne es dir in die Nase. Man wird glauben, du hättest eine ganz besonders feine, dir wohl etwas beiweitem Feineres gedacht und wärest lediglich zu feinfühlig, es auszusprechen. (Hast du Zeit, es darauf anzulegen, kannst du dir auf diese nicht sehr anstrengende Weise literarischen Ruf verschaffen.)

222. Manche Intelligenzen stellen sich dumm, so wie ein Käfer beim Herannahen des Menschen sich tot stellt. Das Gegenmittel? Stell dich noch dümmer und bald wird der Andere so schrankenlos über dich triumphieren, daß du ihn erkennst und in der Hand hast.

223. Sprich von dem, was du erreichen willst, so oft wie möglich vor denen, die dir dabei behilflich sein können. Irgendwie wird es sie doch deiner Absicht dienstbar machen.

224. Ein gutes Mittel, um Leute auf dich aufmerksam zu machen, ist, etwas gegen sie dir herauszunehmen.

225. Willst du eine Frau veranlassen, dich sitzen zu lassen, so schreibe ihrer ärgsten Feindin einen Brief, in dem du jene verhöhnst, und schicke ihn – jener.

226. Bist du besorgt, jemand könnte dich einer Unangenehmen Sache verdächtigen, so stecke den Arm in eine Binde und sage, du hättest ihn dir bei einem Auto-Unfall gebrochen. Man wird dich bedauern und den Verdacht fallen lassen.

227. Gerät ein Gespräch in eine für dich gefährliche Wendung, so tue, als würdest du unterm Tisch etwas suchen, das du verloren hast. Erscheint nach einer Minute dein Kopf wieder über der Tischplatte, so ist die Gefahr vorbei.

228. Gelingt es dir auf keine Weise, die Bekanntschaft eines Menschen zu machen, den du brauchst, so lassen ihn mitansehen, wie du mit einem seiner Feinde dich entzweist. Das wird ihn für dich einnehmen.

229. Jeder freut sich, verurteilen zu können. Fürchtest du also, jemand könnte eine deiner Eigenschaften verurteilen, so veranlasse ihn geschickt, diese Eigenschaft bei einem Andern zu verurteilen. Er wird auf die deine vergessen oder glauben, er habe sich geirrt.

230. Willst du jemanden für ein Projekt gewinnen, das für dich zwar vorteilhaft ist, sonst aber auf schwachen Füßen steht, so erkläre es während eines Spaziergangs durch eine sehr belebte Straße. Der Mann wird nur ein Drittel verstehen und den Rest sich hinzudenken, falls er überhaupt will.

231. Wer in seinem Wartezimmer, in dem ein gelblich zeigender Spiegel sich befindet, dich lange warten läßt, dem tu den Gefallen, dich unsicher und verlegen zu stellen. Dann wird er dir sein Spiel verraten.

232. Eine dicke Beule drückst du am besten mit einem großen Küchenmesser ein. Beschimpft dich jemand in der lächerlichsten Weise, so gib ihm jenes zur Antwort.

233. Wenn du hofftest, daß ein Schrecken von dir ausging, aber feststellen mußt, daß du den Andern lediglich beleidigt hast, so tue, als habest du einen Scherz gemacht. Sollte dir dieser Rückzug nicht glücken, so begib dich ins Klosett und komm nicht wieder.

234. Mangelt dir plötzlich der Gesprächsstoff, so sprich von – Vorstadtkneipen, Fabriksumgebungen, Brückenschlafstätten. Vieles, das an sich durchaus banal und gewöhnlich ist, wird interessant, wenn man davon spricht (oder darüber schreibt).

235. Benötigst du einmal eine Narbe, so laß dir keine bauen. Sie könnte dir später unangenehm werden. Zeige mit dem Finger auf die Stelle und sage, es sei kaum noch etwas zu sehen, die Wunde wäre meisterhaft behandelt worden.

236. Hast du eine neue Bekanntschaft gemacht, so rufe dir

nach einer Woche das Merkwort »Venusblick« zu und laß alles, was du bisher gehört und gesehen hast, noch einmal an dir vorbeiziehen. Du wirst sicherlich Unwahrscheinlichkeiten, Widersprüche und Lügen feststellen. Deren Ausmaß wird dir den richtigen Weg weisen, den du sonst zweifellos verfehlt hättest.

237. Nimmst du während eines Gesprächs wahr, daß dein Partner nurmehr den Wunsch hat, dich unter allen Umständen ins Unrecht zu setzen, so beginne, plötzlich mit dem Taschentuch dir die Zähne zu putzen.

238. Ein gutes Mittel, dich einer Frau schnell ins Gedächtnis zu pflanzen, ist, ihr auf der Straße, ohne daß es nötig wäre, sehr deutlich so Platz zu machen, daß sie zweifelt, ob du ihr nicht vielleicht bloß aus dem Weg gegangen seist.

239. Manche gehen so, daß du sehen kannst, wie lange sie gesessen – haben. Tue so, als hättest du dasselbe erlitten, wenn du sie veranlassen willst, zu etwas die Zustimmung zu geben, die jeder Andere verweigern würde.

240. In gewissen (meist prekären) Situationen empfiehlt es sich weitaus mehr, auf eine treffende Antwort zu verzichten; die entscheidenden Worte aber so zu wiederholen, daß deren Aussprache bereits vernichtend wirkt. Es ist nicht leicht, kann aber auch durch Übung erreicht werden.

241. Ist das Gespräch auf einem toten Punkt angelangt, ohne daß es dir gelungen ist, klar zu sehen, so mache wahllos einige Verwirrungsmanöver. Dein Partner wird sich drehen und wenden und von ganz unerwarteten Seiten selbst beleuchten. (Dasselbe gilt auch für faule Situationen.)

242. Willst du jemanden zu einem Gespräch zwingen, dem er sich zu entziehen bemüht, so schlage ihm eine Kartenpartie vor. Die zweite oder dritte unterbrich plötzlich und setze ihm eine Frage auf die Brust. Er wird die begonnene Partie zu Ende spielen wollen und deshalb kurz antworten. Bei Bedarf unterbrich alle folgenden Partien auf diese Weise.

243. Sei sparsam mit Paradoxen, wenn du jemanden überreden willst. Aber verschwenderisch in Tönen.

244. Zwingt dich ein widriges Geschick, etwas dem Zufall zu überlassen, so zögere nicht, wenn ein ungünstiger erscheint, die Räder nach der entgegengesetzten Seite herumzuwerfen. Du kannst auf einen günstigen stoßen.

245. Bist du in einen falschen Schein geraten, so bekämpfe ihn dadurch, daß du in einen andern falschen Schein dich begibst. Man wird zu zweifeln beginnen, verwirrt werden und aufhören, mit dir sich zu beschäftigen.

246. Wenn jemand dir sagt, er habe dich, der du doch schwarzes Haar habest, vor wenigen Monaten in Brüssel mit braunem gesehen, so frage ihn, warum er damals dich nicht angesprochen habe, um davon sich zu überzeugen.

247. Weißt du keinen Ausweg mehr, so versuche, was dir durch den Kopf geht. Du kannst einen ausgezeichneten Truc entdecken.

248. Der mit Psychologie Behandelte wird von dir immer nur eines Weges getrieben, den er kennt. Und während du glaubst, du führst ihn deines Weges, treibt er dich seines. Bist du endlich am Ziel, so macht er nie das, was du wolltest,

sondern bestenfalls etwas, worauf auch er nicht gefaßt war. Beschränkst du dich jedoch von allem Anfang an darauf, den Andern seinem Temperament und seinen Fähigkeiten nach ins Agieren zu bringen, so brauchst du lediglich aufzupassen, ihm, sobald die für dich günstige Konstellation erscheint, einen kleinen Stups zu geben. Und sofort tut er, was du willst.

249. Bist du sexueller Maniak, ist dein Lustanteil an einer solchen Spezialität so groß, daß du zu viel Lebensfreude opfern müßtest, wolltest du dich sexuell umstellen, so gib ES ostentativ zu, ja prahle damit. Dadurch erreichst du, daß man es dir jahrelang nicht glauben will. Fängt man wider Erwarten doch einmal damit an, so hast du inzwischen wohl die Person gewechselt, den Schauplatz und vielleicht auch ein wenig schon deine Manie.

250. Sagt dir einer, daß er deine Bekanntschaft schon vor zwei Jahren in Rom gemacht habe, aber unter einem anderen Namen, so antworte ihm, daß er ein schlechtes Gedächtnis habe: du habest dich damals SEINES Namens bedient. Genauere Auskünfte verweigere mit dem Hinweis, daß du dies nicht wieder tun würdest, wenn er sich bemühen wolle, deine Physiognomie zu vergessen.

251. Frage jeden, mit dem du umgehst, tunlichst oft, warum er so sonderbar aussehe. Du wirst zwar schwerlich jemanden dabei ertappen, wie er sich ertappt vorkommt, aber man wird es nun doch unterlassen, dich zu schädigen.

252. Habe wenigstens in EINER großen europäischen Stadt eine Wohnung, auch wenn du sie jahrelang nicht benützst, sondern eine Dame, die, wenn du ihr depeschierst, sofort

kommt. Tagsdarauf sitzst du geborgen in deiner Wohnung und jene Dame an der Seite eines Herrn (in St. Moritz), der in deinem Auftrag dafür sorgt, daß sie etwas zu tun hat.

253. Belästigt dich jemand publik, so winde plötzlich deinen Oberkörper und behaupte, es steche dich eine Nadel. Sobald jener sich dazu entschließt, sie zu suchen, rufe sehr laut: »Ein Dieb, ein Dieb!« Sind Mehrere herbeigeeilt, so sage, du habest dich geirrt, und laß den Unverschämten stehen.

254. Erweist einer deiner Gesellschafter plötzlich sich als widerborstig, so ist, falls alles andere versagt, das beste Remedium, ihm, ohne daß er es weiß, ein Abführmittel einzugeben.

255. Trage nie eine Waffe bei dir. Sie bringt dich in Versuchung, sie zu gebrauchen. Dabei zieht man fast stets den Kürzeren. Und da du in eine Situation, wo du eine Waffe brauchst, nur kommst, wenn dein Kopf dich im Stiche läßt, so ist das beste Mittel, um nicht in eine solche Situation zu kommen, keine Waffe bei dir zu haben.

256. Fragt dich jemand, was für ein Beruf es dir gestatte, ein so erfreuliches Leben zu führen, so antworte ihm: »Der Ihre.«

257. Gib deinen Damen keine Kose-, sondern verlockende Spitznamen. Das hat zwar den Nachteil, daß es ein wenig auffällt, aber den großen Vorteil, dort, wo es darauf ankommt, alles sehr zu erleichtern. (Suggestiv-Namen!)

258. Bemüht jemand sich rücksichtslos um deine Dame, so sage ihm laut: »Ich weiß sehr wohl, daß Sie kein Mädchen-

händler sind, aber wenn Sie mit dieser Dame reisen, werden SIE den zahlreichen glänzenden Angeboten nicht widerstehen können.«

259. Ein probates Mittel, eine hochnasige und übergebildete Frau schnell ins Bett zu bekommen, ist, ihr einen ganzen Abend lang immer wieder Gelegenheit zu geben, über dein Loben und Bewundern sich lustig zu machen. Vor Publikum. Nachher bleibe mit ihr allein, um über dein Loben und Bewundern dich lustig zu machen und ihr allein unter all denen, die anwesend waren, die Palme des Verstandes zu reichen. Sie wird sehr wahrscheinlicher Weise schon in dieser Nacht mit dir schlafen.

260. Warte, sobald du an das Weib gelangt bist, zumindest fünf Minuten, bevor du beginnst. Je länger, desto besser. Es wirkt stets außerordentlich.

261. Lauert eine Frau nur so darauf, dir im Gespräch eins auszuwischen, so gib ihr so oft wie möglich Gelegenheit dazu. Vielleicht fällt es ihr dann so auf, daß du mit ihr ins Einvernehmen kommst. Andernfalls lasse sie in dem Glauben, du seist ein Hornvieh. Das ist verwendbar.

262. Eine Frau, die dich für ein Hornvieh hält, kannst du mit Erfolg darum ersuchen, deiner Freundin sagen zu wollen, was für ein intelligenter Mensch du seist. Sie wird ihr unter schallendem Gelächter das Gegenteil sagen, bei ihr sich unmöglich machen und nun so mißtrauisch gegen dich werden, daß sie, noch bevor sie ihr Urteil über dich zu revidieren wagt, mit dir schläft.

263. Wen du von einer Frau fernhalten willst, vor dem darfst

du weder ihr Loblied singen noch sie reduzieren. Am besten ist es, so nebenhin fallen zu lassen, du habest gehört, sie gehe so eigenartig, weil sie eine sehr störende Operation hinter sich habe.

264. Entweicht dir in Gesellschaft unter Knall ein Gas, so frage deinen Nachbar: »*Wie bitte?*« (Wenn du nicht vorziehen mußt, zu schweigen, gibt es kein besseres Mittel.)

265. In sehr dubiosen Fällen, da es schier unmöglich erscheint, deinen Willen durchzusetzen, ist es das Klügste, dich gänzlich gehen zu lassen, zu stottern, zu klagen. Telefoniert man dir am nächsten Morgen, so hast du es erreicht.

266. Rede niemals öffentlich mit, selbst wenn der unwahrscheinliche Fall sich ereignen sollte, daß du dich zwingen lassen mußt, eine öffentliche Position einzunehmen. Wer öffentlich mitredet, hat augenblicks seinen überlegenen Standpunkt (Gummiball) eingebüßt.

267. Schmeichle stets vorsichtig. Semper aliquid haeret.

268. Droht dir ganz unerwartet in einer Gesellschaft Gefahr, so laß dich, wenn andere Mittel als unzweckmäßig sich erweisen sollten, ins Reden geraten, zu einem heftigen Monolog übergehen und schließlich ausbrechenden Wahnsinn heucheln. Sobald der Arzt da ist, beruhige dich ein wenig, laß dich von ihm fortführen und stelle ihm auf der Straße, wenn er dich internieren will, ein Bein. Abreise.

269. Oft geschieht es, daß allein schon die Einladung zum Diner den Glauben erweckt, du wolltest zum Hineinlegen ausholen. Manche legst du viel sicherer hinein, wenn du sie zwingst, dich einzuladen.

270. Sei, so weit deine Interessen es gestatten, exklusiv. Das ist stets vorsichtig und hat den Vorteil, daß du zu Legenden über dich anregst.

271. Beginnst du in einer Stadt dich unsicher zu fühlen, ohne abreisen zu können, so gehe mit einem großen Bauch spazieren. Ein Dickwanst ist bei den Behörden immer gern gesehen und der beste Schutz seines Besitzers gegen Molestierungen. Das wird auch auf dich zurückwirken.

272. Setz dich hie und da bei einem Pferderennen auf einen exponierten Platz und betrachte gelangweilt einen Holzpfeiler. Es wird sich im Nu herumsprechen und dir ein großes Renommée verschaffen.

273. Zwingt man dich, deine Biographie von dir zu geben, so erzähle jedes Mal eine andere. Darauf hingewiesen, zeige dich entrüstet darüber, daß man jene Diskretion, die jeder für sich beanspruchen darf, dir nicht zubilligen will. Man wird deine Phantasie bewundern und deiner Biographie alles zutrauen.

274. Behaupte alles, wenn es vonnöten ist. Nachher ist es immer möglich, dich so zu désavouieren, daß dein Prestige nicht leidet. (Naht! Dreher!)

275. Stellst du fest, daß jemand dir ähnliche Lügen vorsetzt wie ein Anderer, so sei überzeugt, daß beide sie von einem Dritten haben. Den Beweis dafür erhältst du von diesem dadurch, daß er über jene Sachverhalte dir ähnliche Lügen vorsetzen wird. (Hast du Glück, die Wahrheit.)

276. Wenn es dir nicht gelingt, etwas glauben zu machen, so

tue, als hättest du ein wichtiges Detail zu erwähnen vergessen und es dir soeben wieder entfallen lassen. Hierauf aber sprich von etwas ganz anderem. Wohl schon nach einer halben Stunde wird der Andere auf das zurückkommen, was du ihn glauben machen willst. Und nun wird er es sicherlich nicht mehr bezweifeln.

277. Eine mißgestimmte Gesellschaft versuche nie aufzuheitern, sondern lenke sie durch ein Gespräch (über Astronomie oder Luftschiffahrt) ab. Eine ausgelassen heitere bemühe dich nicht zum Seriösen hinleiten zu wollen, sondern zerschlage eine Fensterscheibe, zerbrich eine Vase, heuchle einen Ohnmachtsanfall etc. So wirst du in beiden Fällen bald jene Stimmung erzeugt haben, die es dir ermöglicht, das zu sagen, was du willst.

278. Trachte immer, den Andern zu veranlassen, viel zu erzählen. Auch bei dem ihm am fernsten Liegenden verrät er mehr von sich, als wenn er über sich selber sprechen würde. Da gibt er stets verflucht acht.

279. Ein sehr Verschlossener wird dir den ersten Aufschluß über sich geben, wenn du ihm einen anonymen Brief schreibst. Er wird ihn kommentieren oder Veränderungen in seinem Verhalten aufweisen.

280. Willst du einem Tänzer seine Dame abjagen, so trachte, ihn von ihrer Seite fort zu mystifizieren, ohne daß er später erkennen kann, wie ihm geschah. Sonst machst du dir einen unversöhnlichen Feind – pour si peu.

281. Wenn du an einer Wohnung läutest; wenn man deinen Schritt hört; wenn man dich von Weitem erblickt: immer

muß man sofort wissen, daß du es bist. So wirst du Vertrauen erwecken und kannst jederzeit dich so gehaben, daß man durchaus nicht weiß, wer es ist.

282. Ist es dir möglich, bei einem Projekt auf den Einfluß der Frauen zu verzichten, so wirst du es am besten dadurch fördern, daß du dein Kopfhaar vernachlässigst und dich nicht rasierst. Der homme parfait, ist er zudem homme à femmes, hat es bei den Männern schwerer.

283. Durchstöbere plötzlich deine Taschen, wenn es dir in Gesellschaft nicht gelingen will, zur Geltung zu kommen und behaupte, eine Tausendmarknote verloren zu haben. Haben alle eine Viertelstunde dir beim Suchen geholfen, ziehe die Banknote aus deiner Weste. Man wird aufatmen, noch lange über diesen Vorfall mit dir reden und nun wird es dir ein Leichtes sein, der Mittelpunkt zu bleiben.

284. Einen Truc, der dir mißraten ist, darfst du in derselben Stadt nicht wiederholen. Und einen geglückten erst recht nicht.

285. Mache oft kleine Geschenke. Keiner wird dich sehr hassen können und manche, die sich nicht bestechen lassen, wird es doch ein wenig beeinflussen.

286. Schwere Komplikationen müssen dich vorerst veranlassen, dir eine Zigarre anzuzünden und in ein Klubfauteuil dich zu setzen. Alles andere wirst du dann schon finden. Nur Ruhe!

287. Kommt es zu einer wüsten Rauferei, so drück dich nur, wenn du sicher bist, daß niemand es bemerken kann. An-

dernfalls halte dir sofort mit beiden Händen den Bauch, wimmere und stöhne, du habest einen Fußtritt erhalten.

288. Verläumde den, der dich verläumdet, noch um einiges ärger.

289. Verteidige dich nie. Ermüde.

290. Ein Gespräch, während dessen du keinen Truc lancieren konntest, wird dir nicht viel gesagt haben. Sind dir aber mehrere geglückt, so rechne mit dem Mißtrauen deines Opfers: jammere sofort darüber, wie unmöglich es sei, einander wirklich kennen zu lernen.

291. Beschimpfe dich ein wenig. Lehnt man es ab und spricht von etwas anderem, so ist es mißraten. Erklärt man dir aber, warum du ungerecht mit dir verfährst, so weißt du, was man von dir hält oder – haben möchte.

292. Lobe dich vorsichtig ein wenig. Überhört man es, so ist es geglückt. Teilt man dein Selbstlob ebenso vorsichtig wie du, so glaubt man das Gegenteil. Lobt man dich sehr, so glaubt man vielleicht dein vorsichtiges Selbstlob.

293. Bedauere eine Frau irgendwie. Lehnt sie es ab und spricht von etwas anderem, so ist es geglückt. Erklärt sie dir, daß sie wirklich zu bedauern sei, so ist es nicht der Fall. Will sie aber wissen, was dich eigentlich dazu veranlaßte, so ist es mißraten.

294. Mache eine abfällige Bemerkung über die Frau eines Bekannten. Überhört er es, so liebt er sie. Will er wissen, was dich zu dieser Bemerkung veranlaßte, so traut er weder

seiner Frau noch dir. Sagt er aber, du habest dich geirrt, so ist es mißraten.

295. Mache eine abfällige Bemerkung über den Mann einer Bekannten. Überhört sie es, so kannst du sie haben. Will sie wissen, was dich zu dieser Bemerkung veranlaßte, so hofft sie, eine Handhabe gegen ihren Mann zu bekommen. Sagt sie, daß du dich geirrt hast, so interessiert sie sich weder für dich noch für ihren Mann. Lacht sie aber neckisch auf, so ist es mißraten.

296. Verabschiede dich in jenem Augenblick, da es dir gelungen ist, Interesse zu erregen. Hält man dich mit unwilligen Worten zurück, so ist es geglückt. Wird man, dich auf den Stuhl zwingend, jovial, so hofft man, von dem Gespräch mit dir zu profitieren. Läßt man dich ohne Weiteres gehen, so ist man entweder schon neidisch oder beginnt, dich zu hassen. Nur wenn man dir gleichgültig sagt: *»Wir sehen uns ja wohl bald wieder«*, ist es mißraten.

297. Bleibe sitzen, obwohl alles darauf hinweist, deinen Besuch zu beenden. Läßt man dich fühlen, daß es Zeit wäre, fortzugehen, oder bemüht man sich, es dich nicht fühlen zu lassen, so ist es mißraten. Nur wenn man sich freut, daß du dich hier so wohl fühlst, ist es geglückt.

298. Die letzten sieben Fragmente sollen dir nicht nur beweisen, was Erfahrung ist (im Gegensatz zu stupider Psychologie), sondern dich auch veranlassen, die deine also zusammen zu fassen. Jedem sein eigenes Handbrevier.

299. Bestelle die Person, der du den Eindruck machen willst,

daß du ihre Angelegenheit nun mit aller Energie in die Hand genommen hast, um acht Uhr morgens zu dir.

300. Willst du jemanden zwingen, sich schnell und zu deinen Gunsten zu entscheiden, so bestelle ihn um elf Uhr nachts in dein Hotelzimmer, empfange ihn, auf deinen reisefertigen Koffern sitzend, und bemühe dich offensichtlich, deine Ungeduld zu verbergen.

301. Halte den, der häßlich oder abfällig über dich sich äußerte, nicht schon für deinen Feind. Er kann aus tausenderlei Gründen gelogen haben. Lerne deine Feinde rasch persönlich kennen. Oft sind deine besten Gesellschafter darunter.

302. Versagen in einer außerordentlich wichtigen Situation alle deine Trucs, so greife zum allerletzten: weine! Die Männer wird es rühren, den Frauen unsäglich schmeicheln.

303. Befiehl dir immer wieder, keine Trucs gegen dich anzuwenden. Halte dich aus, wenn du nicht schwach werden willst. (Merkwort: »Brückengeländer!«)

VI

Training

304. Auch du wirst Höchstleistungen nur erzielen, wenn du dich trainierst.

305. Mache morgens und abends Leibesübungen, deren Zahl und Art von ihrer Wirkung auf dich abhängen müssen. Sie sollen deinen Körper lediglich in voller Beweglichkeit und Frische erhalten. Betreibe nicht den kleinsten Sport. Er absorbiert zu viel und schleimt das Hirn ein.

306. Bestimme dir keine Schlafenszeit. Schlafe so lange, wie dein Körper will. Und seien es fünfzehn Stunden oder fünf.

307. Träume wirken schwächend. Man kann sie verhindern, indem man mit leerem Magen zu Bett geht und das Lockerlied memoriert.

308. Pflege deine kleinen Gewohnheiten, auch wenn sie dir selbst manchmal lächerlich erscheinen sollten. In ihnen wirkt sich allerlei Geheimes aus, das du brauchst.

309. Betrinke dich nie, auch wenn du nicht schwatzhaft wirst. Der kleinste Rausch schadet deinem Gehirn mehr als zehn tolle Liebeswochen. (Sei NIEMALS dopé!)

310. Singe und pfeife nicht. Auch nicht, wenn du allein bist. Es ist wie eine schädigende Autosuggestion von hinten.

311. Stell dich oft vor einen Stehspiegel. Liebäugle mit dir. Agiere dich dir vor. Versuche, dich noch mehr für dich zu

begeistern. Lobe dich. Bewundere dich. Aber tadle dich auch.

312. Wisse die Suggestion der Krawattenfarbe zu schätzen, die des Parfums und vor allem die des Wetters.

313. Von dem ungünstigen Einfluß schlechter Witterung befreist du dich am besten dadurch, daß du dich tunlichst in Räumen aufhältst und den Fenstern den Rücken zukehrst; ferner nie zu Fuß gehst und in den Autos die Vorhänge zuziehst.

314. Es gibt vieles, das dir nur gelingt, wenn die Sonne scheint. Und manches, das du bei einer Temperatur von 5 Grad Réaumur schon nicht mehr unternehmen darfst.

315. Quantum und Qualität deiner Mahlzeiten überwache mit größter Genauigkeit. Ißt du weich gekochte Winterkartoffeln und gar noch zu viel davon, so darfst du dich nicht wundern, wenn dir an diesem Tag alles schief geht.

316. Meide gänzlich Teigwaren, weißes Brot, Mehlspeisen, Tee und Bier und alle Bohnenarten. Iß *wenig Fleisch* (nie fettes), aber *viel Obst, Salate* und *grüne Gemüse*. Atme oft tief, bade nur zweimal wöchentlich (zehn Minuten lauwarm) und lasse jeden vierten Tag eine Hauptmahlzeit völlig ausfallen. Beschränke dich auf *zwei Tassen guten Kaffees, vier Gläser Wein* und *acht Zigaretten* oder drei Zigarren pro Tag.

317. Gehe viel spazieren (Leute, denen man auf hundert Meter ansieht, daß sie keine Zeit haben, laufen zudem heute zu Hunderttausenden herum.) Laß dir zu allem Zeit. Schnelles Tun gedeiht nicht.

318. Lebe, so weit es dir möglich ist, regelmäßig.

319. In venere tue, was du brauchst. Monatlich aber faste einmal sechs Tage.

320. Von Zeit zu Zeit sind Exzesse nötig. Nach zwei Monaten ununterbrochener Regelmäßigkeit hat dein Körper es satt. Gib ihm einen kurzen, aber heftigen Sturm.

321. Wie sehr du auch deinen Elan fördern kannst und den Erfolg zwingen, indem du dich trainierst, so wirst du doch manchmal beides nur erreichen, wenn du exzedierst. Ein Schlemmermahl oder eine hemmungslose Liebesraserei vermögen oft noch zu spornen, wenn die Form deines Trainings schon verbraucht ist.

322. Übe deine Zähigkeit im Umgang mit Menschen dadurch, daß du einem Hund schwierige Kunststücke beibringst. Schon nach einer Woche wirst du feststellen, daß du dieselbe Frage innerhalb einer Stunde zehnmal wiederholen kannst, ohne den Ton zu ändern oder auch nur die geringste Ungeduld zu verspüren.

323. Übe vor allem täglich dein Auge, indem du dich vor den Spiegel stellst. Dein Blick muß lernen, still und schwer auf einem andern zu liegen, sich rapid zu verschleiern, zu stechen, zu klagen. Oder so viel Erfahrung und Wissen auszustrahlen, daß dein Gegenüber dir erschüttert die Hand reicht.

324. Macht dein Auge einmal etwas falsch, ohne daß die Möglichkeit einer Korrektur besteht, so entferne dich sofort. Du hast nichts mehr zu erhoffen.

325. Der Unterschied zwischen virtuoser Verstellung und Echtheit ist unermeßlich klein. Du kannst jene dir nur durch intensive Übung aneignen, durch die du wiederum die Fähigkeit ausbildest, Echtheit zu erkennen. Vermagst du es aber gelegentlich trotzdem nicht, so verzichte auf jede Verstellung (das große Gelotter!) und sprich, was du nicht darstellen darfst.

326. Manche vorbeigeratene oder falsche Mimik wird dir nicht so gefährlich werden wie das Auge. Aber sie kann dich zwingen, zehn Tage zu opfern, wo zwei genügt hätten. Und das kann dir auch wieder gefährlich werden.

327. Erst wenn du es in all dem, was dich ausmacht, zur Vollkommenheit gebracht hast, wirst du alle Gefahr auf ein Minimum reduziert haben. (Gewiß, gewiß. Aber vergiß es nur nicht).

328. Habe stets ein Handspiegelchen bei dir. Es kann vorkommen, daß du ins Klosett eilen mußt, um einen Gesichtsausdruck zu probieren; oder deine Aufmerksamkeit einem hohlen Zahn zu widmen hast, um sie, so gedeckt, einem Wandspiegel widmen zu können.

329. Beschäftige dich nicht mit Psychoanalyse, Politik, Literatur oder Wissenschaft. Das raubt dir Zeit und Kraft, ohne dich auch nur im Mindesten zu fördern.

330. Lies von Zeit zu Zeit den politischen Teil der Tageszeitungen, um durch diese Komödien von Komödien zu Komödien dich anzuregen – zu Komödien.

331. Hüte dich besonders vor Zeitschriften jeder Art. Sie

sind geschickter und intelligenter gemacht als die Zeitungen und deshalb imstande, Tausende junger Menschen blöd zu machen und dich – müde.

332. Gehe nie ins Theater. Du verdirbst dein Spiel.

333. In Scheidung befindliche Ehepaare frequentiere ausgiebig. Hier wird dein Spiel viel zulernen.

334. Pflege in deinem Kreise den Witz gleichsam als wichtigsten Ritus, aber nur den lebendigen, den aus der Situation, der Konversation herausspringenden, niemals den gemachten. Dieser paralysiert, jener pulvert auf.

335. Richte deinen Witz auch gegen dich selber. Er wirkt wie ein geistiges Purgativ. Außerhalb deines Kreises unterlasse das aber strikt. Man würde bald deine Witze über dich – über dich machen.

336. Ziehe stets das Ausland vor, weil dir hier nur wenig Pflichten auferlegt werden können. (Auch Plunder schwächt.) Und mit deinen Rechten ist es ja überall lausig bestellt.

337. Zeige niemals deinen Haß. (Versteckter Haß stärkt zudem.) Wird die Zahl deiner Feinde zu groß, zeige Verachtung: das wird sie, deren Haß mehr Neid enthält, annehmen lassen, daß es gefährlich wäre, deinen Haß zu wecken. Dort aber, wo du ihn zeigen müßtest, lasse ihn mit der Tat zusammenfallen.

338. Sprich lieber konventionell als prinzipiell, wenn du Zeit, lieber plaudernd als informatorisch, wenn du Kraft gewinnen willst.

339. Mit wirklich Dummen verkehre keine Sekunde länger als nötig. Sie wirken schädlich auf die Eingeweide. Sieht nicht jeder Dummkopf in jedem Alter alt aus?

340. Verkehre nicht mit durchaus passiven Menschen. Nach einer Woche kämst du dir vor wie ein ausgebrannter Krater. Kannst du ihre Trägheit nicht schnell für dich in gelinden Trapp verwandeln, so eile hinweg.

342. Meide Leute, die in einer solchen Treibhausluft leben, daß du Durst nach frischem Wasser verspürst. Und trinke tatsächlich ein Glas, sobald du sie verlassen hast. Dann wirst du nicht einmal mehr an sie denken.

343. Erst wenn man einmal auf dich daneben geschossen hat, weißt du, wie wohl es tut, Frauen zu prügeln. Die Gefahr suchen, verrät einen geschwächten Instinkt: ist man ihr entgangen, erhöht sie das Lebensgefühl, die sexuellen Kräfte und die Schärfe des Sensoriums. (Die Gefahr als Opium.)

344. Hast du plötzlich nicht mehr die Kraft, zu lügen, so sei wenigstens grausam.

345. Habe nie einen Sozius. Er saugt nicht nur an deinem Portemonnaie, sondern auch an deiner Kraft.

346. Warte so lange, wie es angeht, bevor du jenes Mittel benützst, das dich am schnellsten ans Ziel bringt. Jede Schnelligkeit fordert großen Kräfteverbrauch.

347. Wenn du nicht schön bist, so hast du es überall doppelt schwer. Sehr oft aber wirst du die Hälfte deiner Kräfte sparen können, wenn du eine schöne Person neben dich stellst

und, falls es erforderlich sein sollte, an deiner Statt zurückläßt.

348. Wenn alle Stricke der Bestrickung reißen, greife mit den Händen zu. Und wenn auch diese versagen, so wisse, daß du so stark sein mußt, leichten Herzens darauf verzichten zu können, dir alles zu erlauben.

349. Deine Anaesthesie für Lob und Tadel mag noch so endgültig geworden sein, die Gefahr eines Rückfalls besteht immer. Du kannst ihr vorbeugen, indem du, fühlend, daß du unter einem Lob oder Tadel nicht unbewegt bliebest, dir das Merkwort zurufst: »Wiesenbenützung!« Das wird dir sofort den Nacken steifen. (Begrinse, aber salbe dich nicht. Napoleon hat den Feldzug in Rußland und die Schlacht bei Leipzig verloren, als er sich in Notre-Dame krönte.)

350. Die Gefährlichkeit der Rückfälle von Selbstbewußtsein kannst du daran ermessen, daß sie deine Fähigkeit, dich zu verstellen, schwächen. Es gibt nur ein Mittel, diese dir ungeschmälert zu erhalten: dir immer wieder von neuem das Selbstbewußtsein auszutreiben. (»Wiesenbenützung!«) Einmal gänzlich ausgetrieben, erscheint es in völlig neuer positiver Form: in der undurchbrechbaren Harmonie deiner Verstellung.

351. Wäge bei allem, was du unternimmst, genau ab, ob nicht die Nachteile, die es dir bringen müßte, die Vorteile so aufwiegen, daß du persönlich darunter littest. Laß dich hierbei weder von deinen Wünschen noch von deinen Begierden übertölpeln.

352. Tanze nicht zu viel. Nur zu deinem Vergnügen oder aus besonderen Gründen.

353. Trage dich stets mit Projekten. Eines Tages führst du plötzlich eines aus, das, fast ohne dein Wissen, in dir gereift ist.

354. Dein Kopf arbeitet, auch ohne daß er es will. Das bemerkst du am deutlichsten, wenn du einmal vier Wochen in einem kleinen langweiligen Kurort zugebracht hast. Plötzlich sprühst du nur so von Plänen und Einfällen.

355. Sprichst du von früh bis abend mit hunderterlei Menschen, so wirst du nach einigen Wochen dahin kommen, erst mehrere Sekunden nachdenken zu müssen, wie du heißt. (Das ist keineswegs ein Scherz). Wenn du dir einen falschen Namen zugelegt hast, kann es deine Katastrophe werden. Aber stets wird es deine Form ruinieren.

356. Dem Umgang mit Kranken gehe aus dem Weg. Jeder Kranke ist das personifizierte Malheur. Und von jedem Malheur geht eine üble Suggestion aus. (Anders ist es, wenn du von einem Unglück HÖRST.)

357. Erkrankst du, so verbirg dich. Das wird dich rascher gesunden machen.

358. Reiche jedem deine Hand so, daß kein Nachdruck zu spüren ist. Und so selten wie möglich.

359. Grüße auch mit den Augen oder einem Lächeln. Nie mit dem Mund.

360. Lehne während des Sprechens dich nie im Stuhl zurück. Das behindert dein Denken und die Aussprache.

361. Extemporiere nicht in wichtigen Dingen. Mache keine launenhaften Reisen. Wechsle ohne zwingenden Grund weder die Stadt noch das Hotel. Du wirst ohnedies so oft zu abrupten Entschlüssen genötigt sein, daß du dir diesen Luxus nicht gestatten darfst. Er ist zudem oft gefährlich und nie ohne Strapazen.

362. Schränke alle Strapazen auf das Minimum ein. Sie machen alt.

363. Näherst du dich dem vierten Jahrzehnt, so fange an, ganz besonders großzügig zu werden. Es wird dir die Frische verlängern.

364. Du darfst keine Familie haben. (Wie du zu Eltern und Geschwistern dich verhältst, ist insoweit gleichgültig, als du sie nicht affichierst. Alles in Südamerika oder tot.)

365. Wohne mit niemandem zusammen. Das entnervt dich, ohne daß du dessen gewahr wirst.

366. Wenn du dahin gelangt bist, dein Äußeres und deinen Zivilstand so schnell und unbeschwert zu wechseln, daß du sehr aufmerksam sein mußt, um in den jeweils anzubringenden Hemmungen dich nicht zu irren, dann bist du, was du sein sollst. Aber wenn du gegen vier Uhr morgens dich ins Bett legst und auf die Frage, wofür du dich im Grunde hältst, freundlich antwortest: *»Nicht die blasseste Ahnung!«*, so wisse, daß es noch eine Hemmung war. Du hättest diesem Frager dein tagesmüdes Auge groß und undurchdringlich

zuwenden und deinen Lippen die vier Silben »Teremtete!« entschlüpfen lassen sollen. (L.D.)

VII

Weisungen

367. Was ist *»tierhafte Grazie«?* Ein idiotischer Pleonasmus, da Grazie Natürlichkeit ist, also niemals graziös sein kann. Jedes Tier ist natürlich (tschuck tschuck prä prä), also niemals graziös; Grazie deshalb niemals tierhaft. Es genügt aber durchaus nicht, vor solch koketten Worten, mit denen du dich jedem erstbesten Gymnasiasten auslieferst, im Eifer des Gesprächs auf der Hut zu sein: du mußt jedem Substantiv, das nicht ganz konkret ist, stets ein aufhebendes Grinsen vorher- oder nachschicken oder es durch den Tonfall ironisieren. (Merkwort: »Trottelpanzer«.)

368. Männer, die leicht gerührt werden oder gar zu feuchten Augen neigen, sind meist Cölibatäre, welche diese Zustände mit Jünglingen zur Zeit der Pubertät gemeinsam haben, mit Jungfrauen während der Menstruation und mit Frauen, die lange allein leben. Nach dem Coitus sind Tränen eine Rarität oder Theater. Drum: wo man weint, da rücke schnell noch näher, traurige Menschen bekommst du weitaus eher.

369. Das Blutband ist eine Erfindung. Nicht nur, weil stets lediglich die Mutter gewiß ist. Mit dem Nabelschnitt ist alles aus. Sogar Hereditäres macht sich selbständig. Denke immer daran, wenn eine pessimistische Stimmung oder ein Fehlschlag dich treibt, nach Ursachen auf dem Erbwege zu suchen. Suche sie in deinen persönlichen Fehlern, in der Mißgunst des Schicksals, in der Kraft deines Gegners. Andernfalls wirst du zu deinem Pech auch noch inneren Schaden haben.

370. Verzeihe nie. Es wirkt überheblich. Sage auch DAS nicht, denn es wirkt ebenso. Beschränke dich darauf, das Vorgefallene SICHTLICH zu vergessen.

371. Es ist von peinigender Lächerlichkeit, einen Menschen in einen Zustand geraten zu sehen, dessen falsche Ursache man nur zu genau kennt. Genieße diese Pein nicht zu lange, sondern schenke dem Armen geschickt das erlösende Wort. Es wird dir Früchte tragen.

372. Es gibt Leute, welche, siehst du ihnen in der Öffentlichkeit zu, das Bild einer ungeheuerlichen Aktivität darbieten. Laß dich nicht täuschen. Es sind meist nur geistreiche Juden, die ihre Zimmermiete schuldig sind, oder armselige Spitzel.

373. Freunde erhältst du nicht für Geld und gute Worte. Dafür schon gar nicht. Willst du dir jemanden verbinden, so mache dich ihm unentbehrlich. Jeder kann in irgend einem Betrachte einen Helfer brauchen. Wer dich nicht braucht, dessen Freund (nun, nun) kannst du nicht werden.

374. Mit der Lebensqual ist es niemals weit her. Sie erscheint nur oft so groß, weil das Lustgefühl, das sie enthält, sehr feine Nerven erfordert. Am sichersten wirst du deshalb einen Gequälten durch Übertreiben einer Qual trösten, unter der du angeblich leidest. Nach einer Stunde wird er mit dir in eine Bar gehen und für dich bezahlen.

375. Werde nicht das Opfer der Sensibilität Anderer, die ein achtlos hingeworfenes Wort von dir oft so zu verletzen vermag, daß sie nicht einmal genesen, wenn du ihnen sagst, sie hätten dich durch ihr Verhalten verletzt.

376. Wirf dich keinem Einfall, keinem Plan so an den Hals, daß du auch nicht locker lassen willst, wenn er schon keinen Boden mehr unter den Füßen hat. Sonst wirst auch du den Boden unter dir verlieren.

377. In manchen Fällen ist es wichtig, nicht da zu sein. Abwesenheit ist nicht nur oft der halbe Tod (ein Viertel Ruhm), sie ist auch ein gutes Mittel, allzu großen Haß oder Neid zu eliminieren.

378. Kinder sind sehr oft böse und lügnerisch. Gehe ihnen lieber aus dem Weg, wenn du bei ihren Eltern etwas erreichen willst.

379. Leuten, die oft melancholisch sind, geht es zu gut. Heitere sie auf und es wird dir noch besser gehen.

380. Es ist gewiß oft angezeigt, dümmer zu erscheinen, als die Polizei erlaubt, aber manchmal dennoch auch, dich (freilich nur minutenlang) so gescheit zu zeigen, wie du bist.

381. Hüte dich vor Menschen, die ohne jeden Grund und kontinuierlich lügen. Sie enden unschuldig im Zuchthaus.

382. Jäger sind selten mordlüstern, aber sehr oft Gourmands, manchmal Pantoffelhelden und am häufigsten Geizkragen.

383. Musikliebende sind schlechte Geschlechtspartner, Musikausübende sehr willensschwache Menschen. (Wen Musik nicht seekrank macht, tut besser, Beamter zu werden.)

384. Es ist ein weit verbreiteter Aberglaube, ein Mann von

Geist (Halunke) müsse aussehen wie ein Zuchthäusler oder Leberkranker im letzten Monat. In der Regel hat bloß, bei allerdings vorhandener Intellektualität, der Sexus oder der Wille dieser Abergläubischen, die nun freilich selber so aussehen, einen schweren Knax.

385. Nimmst du wahr, daß der Andere besonders gespannt auf das wartet, was du im Begriffe bist, ihm zu erklären, so fange geschickt an, von etwas anderem zu reden. Nach kurzer Zeit schon wirst du erkennen, daß du dich geschädigt hättest.

386. Rümpfe nie die Nase. Zeige lieber gelegentlich ein wenig Scham zwischen den Schultern. Das glaubt man zwar auch meist nicht, aber es macht einen VERFÄNGLICHEN Eindruck.

387. Sage nie scherzhafter Weise: »Und neues Leben blüht aus den Urinen.« Alle wären davon überzeugt, daß du erst kürzlich von einem Leiden genesen bist.

388. Verdichtet sich dein Eindruck, daß dein Gegenüber nicht sieht, was er spricht, so halte es ihm vor Augen. Sieht er es dann noch immer nicht ein, so achte darauf, daß dir solche Irrtümer nicht mehr so spät zu Bewußtsein kommen.

389. Wer, sei es auch aus welchen Gründen immer, keusch lebt, wird dir am besten zur Seite stehen. Wer eine Geliebte hat, wird dich nicht enttäuschen, solange er sie nicht entbehrt. Mit einem Coureur aber wirst du stets deine liebe Not haben. (Hast du sie nicht oft genug mit dir?)

390. Auch die Sexualität kann ein Schicksal haben, das oft

geradezu das des Menschen wird. Darum unterlasse es niemals, über die Sexualität dessen, mit dem du zu tun hast, dich zu informieren.

391. Mit Kutschern und Chauffeuren unterhalte dich nicht einmal zu deinem Vergnügen. Alle sind Spitzbuben und Angeber.

392. Es ist oft nahezu unfaßbar, was für Gesten, Mienen, ja Grimassen die Leute im festen Glauben machen, du habest davon nicht das Mindeste wahrgenommen. Fasse es aber richtig auf: sie verhalten sich IMMER so.

393. Hegst du gegen jemanden Verdacht, so mußt du ihm sofort peinlich genau in jener Richtung zuhören, in der dein Verdacht sich bewegt. Denn nur so kannst du ihn vielleicht fundieren. NACH einem Gespräch ist fast alles Interpretation willkürlichster Art.

394. Wer dir fremd ist, den lüge in allem an. Erweist er sich als Schurke, wäre es zu spät dazu. Und annullieren kannst du deine Lügen immer noch.

395. Es gehört Geist und Gedächtnis dazu, vielen Menschen das vorzumachen, das sie an eine persönliche Beziehung zu dir glauben läßt. Verfügst du darüber nicht in ausreichendem Maße, so verzichte lieber darauf. (Es ist sehr selten, daß jemand neben dich sich stellt wie der Fuchs neben den Wolf.)

396. Benütze niemals die Elektrische, sondern ausschließlich Taxis. Achte aber darauf, stets ein anderes anzurufen. Mancher Bankier hätte nicht falliert, hätte nicht schon jeder sein Auto gekannt.

397. Die Untergrund benütze nur in dringenden Fällen. Sie ermüdet zu sehr.

398. Erforsche stets die Herkunft dessen, den du zu deinem Gesellschafter machen willst. In ihr findest du die Schlüssel zu sämtlichen Geheimfächern seines Wesens.

399. Wirst du auch nach der Lektüre dieses Breviers gelegentlich noch verlegen, so unterlasse es, sie zu wiederholen. Es wäre verlorene Zeit.

400. Hast du ein schönes Gesicht, so wird dir nur etwas schwer werden: die allzu sehr gesteigerten Erwartungen, die es weckt, so zu rechtfertigen, daß du wenigstens nicht enttäuschst.

401. Trage stets einige Stecknadeln, Sicherheitsnadeln, kleine Nägel, Bindfaden und eine Tube Syndetikon bei dir.

402. Eine der größten Gefahren, die dir drohen, ist, daß Hunderte inferiorer Schlauköpfe (Spitzel) ein Mosaikbild von dir zusammenstellen, das zu dir paßt wie die Faust aufs Auge. Verhindern kannst du es nicht, nur die Folgen so abschwächen, daß du kein Opfer der Justiz wirst.

403. Habe stets eine kleine Browning-Attrappe bei dir, mit der du knallen kannst. Fast in allen Fällen genügt es, sie zu zeigen. Sollte dennoch einmal jemand auf dich schießen, so springe rechtzeitig nach links und stoße ein Tischchen um oder einen Stuhl. Den zweiten Schuß kannst du oft verhindern, indem du deinem Gegner deine Waffe vor die Füße wirfst.

404. Hast du einige Male die Tour um Europa gemacht, so trachte, das Volapük, in das du naturnotwendig gerätst, so weit wie möglich zu unterdrücken. Man hält es überall für Affektation und dich für unzuverlässig.

405. Wer sich gar nicht sonderlich bemüht, dir zu verbergen, daß er lügt, ist manchmal am geeignetsten, etwas zu deiner Zufriedenheit auszuführen.

406. Laß dich auf einer Lüge erwischen. Er wird sofort versuchen, dir die Maske vom Gesicht zu reißen. Dabei aber kannst du ihn mit Leichtigkeit dir dienstbar machen.

407. Geschichten erzähle nicht anders als karikierend. Nur wenn du daran Teil hattest, gib zu verstehen, daß du sie nicht zu typisieren vermagst. Dann wird man sie dir vielleicht glauben.

408. So dumm kann einer gar nicht sein, daß es dir nicht nach drei Tagen gelänge, ihm beizubringen, er wäre ein Genie.

409. Sprich nicht zu lange leise. Es läßt vermuten, du habest dich aus niedrigen Gründen daran gewöhnt. (Aber telefoniere stets leise.)

410. Respektiere die Lebensgewohnheiten der Menschen, die deshalb zwar noch lange nicht die deinen respektieren werden, aber die ihren nun so sehr, daß du darauf rechnen kannst und erreichen, was fraglich war.

411. Je außergewöhnlicher ist, was du unternimmst, desto mehr achte darauf, es vulgär erscheinen zu lassen. Ist das

unmöglich, so wird es fast stets besser sein, dieses Unternehmen zu unterlassen.

412. Sei dein eigener Bankier. Was du durch falsche Dispositionen verlierst, darum hätte der Fachmann dich betrogen, der zudem ja auch nicht immer richtig disponiert.

413. Solange du noch nicht über Fünfzig bist, ziehe Männer unter Fünfundzwanzig und über Fünfzig vor. Die dazwischen hassen dich zu sehr.

414. Unterscheide dich in allem ein wenig von den Andern. Das erregt die Neugierde. Aber falle nicht zu sehr auf. Sonst fällst du heraus.

415. In einer fremden Wohnung verhalte dich um fünfzig Prozent ruhiger als in der deinen, in der du um fünfzig Prozent ruhiger sein mußt als deine Gäste. Denn alle, die sich langweilten, werden so die Schuld den Andern geben.

416. Es macht beliebt, die Unbeliebten lächerlich zu machen. Und unbeliebt, die Beliebten nicht unvergleichlich zu finden.

417. Sei pünktlich. Du wirst zwar stets zu früh kommen, aber die Andern werden oft zu spät gekommen sein: du wirst schon Direktiven eingeschmuggelt haben.

418. Entstehen allerlei Gerüchte um deine Person, so dementiere die schädlichen immer wieder, aber lax. Die schmeichelhaften nur gelegentlich, aber nachdrücklich.

419. Für nichts ist der Mensch dankbarer als für gewährte Lust, für nichts bereitwilliger als für ein geschicktes Lob.

420. Laß alle in dem Glauben, keine Frau auszuhalten, keine Kinder zu haben und die herrschende politische Richtung anzuerkennen.

421. Habe eine Geheimtasche. Lerne hypnotisieren. Schließe manchmal plötzlich die Augen.

VIII

Sonderlich Wichtiges

422. Wo immer du auch seist, sage dir dieses: »ALLES, WAS UM MICH HERUM VORGEHT, KANN AUCH GESPIELT SEIN.« Dann wirst du gesund bleiben und es dir wohl ergehen auf Erden.

423. Auch ein Rauchfangkehrer kann ein Fumist sein. Und jeder immer alles.

424. Den Verdacht, einen Schurken vor sich zu haben, hält der Bürger sofort für einen hinreichenden Grund, jenem gegenüber sich schurkisch verhalten zu dürfen. Sei deshalb, falls du in solchen Verdacht gerätst, doppelt vor denen auf der Hut, welche die Gerechtigkeit und Ordnung handhaben.

425. Es gibt eine Art von Vogelfreiheit, die du erst erlebt haben mußt, um zu wissen, was dir droht, wenn du nicht rechtzeitig aufhörst, den Staat für moralisch zu halten.

426. Erblickst du immer wieder jemanden hinter dir, so achte darauf, ob er wie ein wenig gehemmt dahinschlendert, sein Stehenbleiben vor Auslagen leicht gequält wirkt, seine Hände auffallend bewegungslos sind und gleichwohl jede Gelegenheit ergreifen, sich maßvoll zu betätigen. Ist es so, dann ist es – kein Bewunderer.

427. Ein guter Degen freut sich über einen ebenbürtigen Gegner. Ein Spezialist macht einem besseren Schmutzkonkurrenz. Die (je nun) – Beamten aber, denen du dich nicht

blindlings unterwirfst, zeigen Giftzähne und beißen dich von hinten.

428. Tritt der Kutscher des Wagens, den du bestiegen hast, ohne ersichtlichen Grund hinter ihn, so pißt er oder gibt jemandem dein Fahrziel an.

429. Wenn du nach dem Verlassen der Wohnung, vor der du das Taxi hast warten lassen, bemerkst, daß die Glasscheibe, die dich von dem Chauffeur trennte, heruntergelassen wurde, so nimm sofort ein anderes. Dies tue auch, wenn du in solch einem Fall plötzlich den Chauffeur nicht wiedererkennst.

430. Grinst der Inhaber eines Ladens, den du öfter betrittst, plötzlich bei deinem Anblick, so hat er irgend etwas über dich erfahren oder man hat ihn vor dir gewarnt.

431. Achte stets auch auf die kleinsten Veränderungen im Verhalten der Menschen, mit denen du täglich in Berührung kommst. Das überfeine Barometer, das du dir so schaffst, kann dir eine Gefahr rechtzeitig anzeigen.

432. Wer das Publikum in seine Absicht einweiht, den verrät es. Und sei es durch das Heben des kleinen Fingers.

433. Gehe nicht zu Masseusen, es sei denn, du willst dich massieren lassen. Andernfalls kann es dir widerfahren, bei dieser Gelegenheit beobachtet und photographiert zu werden. Handelt es sich nur um gewöhnliche Voyeurs oder Geheim-Editeurs, kannst du dir die Hände reiben. (Aus denselben Gründen meide Bordelle.)

434. Bemerkst du in einem Lokal eine Visage, die alle Anwesenden auffällig beobachtet, so sei sehr darauf bedacht, daß diejenigen Personen, welche in Hörweite sitzen, dich nicht sprechen hören. Jene Visage ist lediglich zu deiner Irreführung da.

435. Wechseln an den Nebentischen die Gäste mit ungewöhnlicher Schnelligkeit, so schweige oder verlasse das Lokal.

436. Setzt ein Herr, einen ganz jungen Hund im Arm, sich neben dich, so hüte deine Zunge und dich davor, mit diesem Hund Bekanntschaft zu schließen.

437. Liest dir gegenüber in einem Lokal ein Herr so unablenkbar Zeitung, daß du dich wunderst, so blicke auf, wenn du dem Kellner zahlst. Schaut in diesem Augenblick jener Zeitungsleser dir auf die Finger, wirst du dich wohl nicht mehr wundern.

438. Vielleicht hast du einmal, aus irgendeiner phantastischen Stimmung heraus, den Typus der alten pfiffigen Negerin gepriesen. Ist er drei Tage später in deiner Umgebung aufgetaucht, so hat kein Zufall obgewaltet.

439. Wechseln, kurz nachdem du Stammgast geworden bist, zwei oder drei Kellner des Lokals, so ist es eine dir erwiesene Aufmerksamkeit.

440. Beginnst du plötzlich, morgens statt Kaffee Tee mit Rotwein zu trinken, und drei Tage später empfiehlt dir ein neuer Bekannter, der es nicht wissen kann, einen besonders

delikaten, von ihm selbst erfundenen Weinzusatz zum Tee, so lasse diesen Patron unverzüglich stehen.

441. Sitzt dir im Café jemand gegenüber, ohne dich während einer Stunde auch nur einmal anzublicken, so muß er ebenso deinen Verdacht erregen wie einer, der dich immer wieder mit unverhohlener Offenheit anlächelt. Ein Harmloser lenkt in dieser Zeit etwa sechsmal ruhig und kurz den Blick auf dich. (Auch das könnte allerdings gemacht sein; es wird aber auffallender Weise nicht gemacht.)

442. Kannst du nicht umhin, eine Frau auf der Straße anzusprechen, so lasse es dir erst in zweiter Hinsicht angelegen sein, heraus zu bekommen, ob du eine Dame oder eine Hure vor dir hast. In erster Hinsicht versuche dir klar darüber zu werden, ob ihre Fragen ebenso unverdächtig sind wie ihre Antworten.

443. Willst du ganz sicher sein, daß niemand hört, was du sagst, so meide jedes Lokal und jede Straße. Wähle eine freistehende Bank im Freien.

444. Halte jedes Ohr, das in Hörweite ist, für ein feindliches. Wehe dir, wenn du dir sagst: *»Ach, das ist doch nur ein alter Mann.«*

445. Bist du, während du gelogen hast, belauscht worden, so sei überzeugt, daß selbst ein sehr kluger Kopf nur deshalb alles für wahr hält, weil er es erlauscht hat.

446. Nimm immer an, daß die Wände Ohren haben.

447. Habe niemals volles Vertrauen zu einem Advokaten. Sie haben so viel mit den Behörden zu tun.

448. Vergiß nie, daß auch der angesehenste Mann den Mächtigen sich gerne gefällig erweist.

449. Sucht einer, der wohl weiß, daß du nur vormittags anzutreffen bist, nachmittags dich zweimal (selbstverständlich vergeblich) auf und kommt dann erst vormittags, so sei auf der Hut.

450. Schreibt dir jemand eine Postkarte des Inhalts, er werde dich am folgenden Nachmittag um drei Uhr besuchen, begegnet er dir aber noch am selben Nachmittag auf der Straße, so verabschiede dich rasch von ihm.

451. Verhält jemand dir gegenüber sich so, daß es dein Mißtrauen erregen muß, so sage ihm, daß du dich über ihn wunderst. Antwortet er dir, du seist ein mißtrauischer Mensch, so bist du es mit Recht.

452. Im Hotelzimmer tue Wichtiges nur sehr leise und bei verhängtem Fenster.

453. Es gibt Leute, die an dir vorübergehen, um Fetzen deiner Rede aufzufangen.

454. Frauen, die in Kartonschachteln Holzperlen verkaufen, verkaufen nie etwas. Aber vielleicht dich.

455. In tiefe Trauer gekleidete Personen, die neben dir Platz nehmen, beklage lieber nicht. Das könnte dich eines Tages in tiefe Trauer versetzen.

456. Jeder zehnte Dienstmann, der einen Bahnhof ziert, sieht aus wie ein verkleideter Nimrod. Das ist er auch.

457. Wer im Gedränge oder am Spieltisch sich eng an dich preßt, muß nicht durchaus ein Taschendieb sein. Sein Interesse kann auch der Feststellung gelten, ob du eine Waffe bei dir trägst.

458. Hebt dir ein Herr deinen Stock auf, so ist es kein Herr.

459. Erblickst du sehr oft Männer mit schwarzen Brillen, so darf dich das nicht wundern, wenn du dich in Nizza aufhältst. In Wien muß es dich mißtrauisch machen.

460. Kann jemand deinen sehr deutlich geschriebenen Namen nicht lesen, so kann er viel besser lesen, als dir lieb sein dürfte.

461. Auch elfjährigen Knaben darfst du nicht die Fähigkeit absprechen, ihr Sensorium gegen deine Interessen zu mobilisieren.

462. Von tausend eingeschriebenen Briefen gehen (es ist statistisch nachgewiesen) nur zwei verloren. Ereilt dieses Malheur dich innerhalb weniger Monate öfter, so halte dich nicht für einen Pechvogel.

463. Es gibt in jeder Stadt Hotels, freilich meist nur zweiter oder dritter Klasse, die regelrechte »Souricières« sind. Sie zu erkennen, ist schwer. Bemühe dich, solche Adressen zu sammeln, und gib sie mündlich weiter.

464. Ein Haus, in dem es keinen Portier gibt, betritt nicht allein.

465. Ist eine Wohnung im dritten Stock gelegen und weder im ersten noch im zweiten eine Tür zu erblicken, so betritt diese Wohnung nicht.

466. Besuche niemanden in der Dämmerung.

467. In allen Ländern ist das Briefgeheimnis Staatsgrundgesetz. Der anonyme Brief eines Lausbuben genügt jedoch, einen Beamten zu bestimmen, eine Korrespondenz monatelang zu öffnen und deren Empfänger ebenso lange überwachen zu lassen. Da weder eine Korrespondenz stets ganz diskret ist noch jemals eine Überwachung, ist jeder in eines Lausbuben Hand. (Du bist es nicht mehr.)

468. Sitzt dir im Café eine Dame gegenüber, welche sich genau so wie du die Nägel putzt, genau so wie du die Lippen verzieht und genau so wie du den Kellner heranwinkt, so ist es eine Funktionärin. (Gut, gut.)

469. Ob ein Brief geöffnet worden ist, kannst du erkennen, wenn du die Klebefläche langsam löst. Sie unterscheidet sich stets deutlich von der eines zum ersten Mal geöffneten. (Übungssache.)

470. Es ist leichter, einem Verfolger zu entschlüpfen als der Verfolgung.

471. Weißt du dich beobachtet, ohne imstande zu sein, dich dem zu entziehen, so beschränke dich darauf, deinen Umgang tunlichst zu verringern, nur unklare Äußerungen zu machen und irgendeine unsinnige Gewohnheit anzunehmen.

472. Auch wenn du dich ganz sicher glaubst, unternimm einen entscheidenden Gang so, als würdest du verfolgt.

473. Die klassischen Mittel, um einen Verfolger zu *säen*, sind: in der Untergrund, kurz bevor der Zug den Bahnhof verläßt, aus dem Wagen springen und den nächsten Zug in entgegengesetzter Richtung besteigen; ein Durchhaus betreten, den Verfolger an sich vorbeilassen und den unterbrochenen Weg fortsetzen; unterwegs eine halbe Stunde lang sich verstecken und mit anderer Kopfbedeckung und veränderter Haltung wiedererscheinen.

474. Deine Abreise finde stets so statt, daß der erste Mensch, der sie erfährt, nur eine halbe Stunde bis zum Abgang deines Zuges Spielraum hat. Kannst du völlig unter der Hand abreisen, umso besser.

475. Willst du dich vergewissern, ob . . ., so kündige dein Zimmer acht Tage vorher. Entsteht plötzlich eine große Leere um dich, die zwei Tage vor der Abreise zu außerordentlicher Belebtheit sich wandelt, so versuche, zu *säen*.

476. Bleibe nicht an Straßenecken stehen. Man könnte glauben, du hättest hier etwas zu suchen. Halte dich nicht unter Haustoren auf. Man könnte glauben, du hättest seltsame Sorgen oder alberne Liebschaften. Gehe aber so oft wie möglich auf den Bahnhof. Man wird glauben, du kämst von einer Reise oder stündest vor einer.

477. Unter tausend Männern wirst du nur drei entdecken, die sind, was sie scheinen; unter tausend Frauen eine halbe.

478. Bleibe oft vor Ladenspiegeln stehen. So kannst du bequem beobachten, was hinter dir vorgeht.

479. Mische dich nie in die Menge. Zu keinem Zweck. Weder im Warenhaus noch auf der Straße. Hier sehen dich immer mehrere Dutzend Augen zugleich.

480. Dort, wo du nicht gesehen sein willst, verlaß dich nur auf deine Augen.

IX

Männer

481. Um Männer zu kennen, genügt es, dich zu kennen.

482. Niveau und Ausmaß von Männern, die das Mittelmäßige überschreiten, abzuschätzen, ist oft unmöglich. Einige Privatinformationen reichen aber meist hin, dich wenigstens nicht im Wichtigsten zu irren.

483. Alleswisser gibt es nur mit Zwanzig und Sechzig, jenen Altern, da man dumm war und es wieder wird.

484. Wüstlinge sind oft sehr zarte Herren und immer amüsant, aber sehr geizig.

485. Es gibt Männer, die, mit dem Blick auf die Armbanduhr, sich vergnügen und nach fünf Minuten aufhören, um sich nicht zu schaden. Meist sehr brauchbare Komparsen.

486. Ein gänzlich Unbrauchbarer kann dir oft unschätzbare Dienste leisten, wenn es dir gelungen ist, ihn davon abzubringen, sich für ein Genie zu halten.

487. Wer immer sogleich Feuer und Fett ist, wird, wenn es darauf ankommt, immerhin die Hälfte davon sein.

488. Sehr ruhige einsilbige Männer prügeln am häufigsten; sind aber ohne Tatkraft.

489. Tatkräftige Männer rauchen viel und lieben es, zu huren.

X

Kleidung und Manieren

490. Die Kleidung läßt nur dann einen Rückschluß auf den Träger zu, wenn es überhaupt nicht schwer fällt, diesen zu beurteilen. Wo du also Grund hast, anzunehmen, einen Kerl vor dir zu haben, übersieh vorerst seine Kleidung gänzlich. Hinterher vermag sie dir vielleicht etwas zu sagen.

491. Sage niemals, auch wenn es der Fall ist, dein Smoking stamme aus Piccadilly. Man würde es dir auch nicht glauben, wenn du die Rechnung vorwiesest.

492. Wenn du schon einen Bonjour trägst, so soll er wenigstens ein bißchen abgetragen sein.

493. Die Mode der schwarzen Hornbrillen, welche der Funktion obliegen, Geist anzuschminken, steht durchaus neben jenen Vollbärten, die aus dreißigjährigen Halunken fünfzigjährige Respektspersonen machen. Verzichte auf solche Kindereien, welche dir weniger Vertrauen eintragen als eine gut gewählte und raffiniert gebundene Krawatte.

494. Schmutzig einherzugehen darfst du dir nur in sehr gefährlichen Fällen gestatten.

495. Sei so kokett, wie es nur angeht. Aber sehr darauf bedacht, daß niemand es bemerkt. (Excepté: Unterwäsche und Kenner der großen Groteske.)

496. Bei der Wahl deiner Kleidung lasse dich nur von deinem Privatgeschmack leiten. Er wird dir das Höchstmaß von

Wirkung dadurch sichern, daß du dich in deiner Hülle nicht nur auf der Höhe fühlst, sondern überhaupt wohl. Denn auch, was im allgemeinen nicht gefällt, wirkt, wenn es gut getragen wird.

497. Zu Verkleidungen greife selten. Sie färben stets ein wenig auf dich ab.

498. Laß deiner Stimme nie die Nacht anmerken; deinem Teint ungeniert.

500. Eine Blume im Knopfloch trage nur abends, nachmittags hie und da statt eines Stocks Handschuhe in der Hand und vormittags trachte, überhaupt nicht gesehen zu werden.

501. Nach acht Uhr abends darfst du keinen Spazierstock mehr tragen.

502. Bleibe in deiner Kleidung bei dem dir vorteilhaftesten Grundtypus, den du nur durch jene Modedetails variieren darfst, die für dich sich eignen. Sei lieber ein wenig unmodern als reduziert.

503. Wechsle sehr oft, sowohl der Form als auch der Farbe nach, Kragen und Krawatte. (Repetiere VI, 312.)

504. In Salons ziehe es vor, zu stehen. Es wirkt vorteilhafter.

505. Mache wenig Gesten, aber suggestive. Nur angenehm zu sehende unterlasse.

506. Wenn dein Gesicht nichts weiter zu tun hat, wahre darauf stets einen leichten Schimmer angenehmer Unzufriedenheit.

507. Sei Frauen gegenüber galant, aber nur dann, wenn [k]ein Anderer in der Nähe ist. Unter vier Augen ist es ratsamer, es nicht zu sein. Jede Frau findet mit Recht Galanterie ein wenig verächtlich.

508. Männern gegenüber sei zuvorkommend, aber so langsam, daß man dir zuvorkommt.

509. Huste oder hüstle nur, wenn du es nicht unterdrücken kannst.

510. Klatsche nie in die Hände.

511. Wippe nicht mit dem übergeschlagenen Bein. Es wirkt, als würde eine ganze Volksschulklasse triumphieren.

512. Auf Bügelfalten lege großen Wert. Tue aber alles, um das Gegenteil zu beweisen.

513. Frauen, die du zu begehren begonnen hast, vermeide zuzulächeln. Männern, von denen du etwas willst, lege oft die Hand auf den Unterarm.

514. Jeder muß den Eindruck haben, daß du nicht weißt, eine Zigarette zwischen den Fingern zu haben.

515. Lasse nie deine Zunge sehen. Die Frauen macht es neugierig, die Männer dir wohl gesinnt.

516. Spiele nie mit den Fingern, um deine schöne Hand, verlängere nie eine Haltung, um dein interessantes Profil, und beiße vor allem nicht in den Daumen, um deine blitzenden Zähne zeigen zu können. All das ist vieux cabotin.

517. Zeige beim Essen Appetit, aber weder Eile noch übertriebene Langsamkeit. Je routinierter und schöner du ißt, desto öfter wirst du eingeladen.

518. Verwende beim Essen stets einige kleine Trucs, die neu sind und vorteilhaft auszuführen. Das kann dich rascher beliebt machen als eine zweistündige Konversation.

519. Wäsche- (Chlor-) oder Seifengeruch darf unter keinen Umständen von dir ausgehen.

520. Trage niemals Seidenhemden. Es sei denn, du willst Viehhändler oder Rayonchef sein.

521. Die Grußbewegung deines Hutes sei stets die gleiche. Nur dein Gesicht und deine Augen lasse differieren.

522. Gehst du allein auf der Straße, so muß deine ganze Person (schwach, aber deutlich) ein allgemeines Behagen verraten. Bist du in Begleitung, völlige Neutralität.

523. Bleibe nur vor Auslagen stehen, die Damen- oder Luxusartikel enthalten.

524. Schaue niemals in den Himmel und niemals zu Boden.

525. Blicke jedem, mit dem du sprichst, ins Gesicht. Ins Auge aber nur, wenn du ihm dein Wohlwollen zeigen willst oder – die Zähne.

526. Überfällt man dich mit einer Frage, einer Äußerung, so sei stets ein wenig verwirrt: als hätte man dich aus Gedanken gerissen.

XI

Warnungen

527. Willst du die Lebensführung oder Mentalität einer Frau ändern, so schau ihr auf den Körper, wenn du das Entscheidende sagst. Aber langweile sie um des Himmels willen nicht mit Begründungen.

528. Wenn einer, dem du etwas Banales erzählst, plötzlich tut, als verbisse er sich ein Lachen, so hast du keinen gewöhnlichen Schmeichler vor dir, sondern einen boshaften Heuchler.

529. Halte dich stets davor zurück, dort negativ zu schließen, wo du noch keine Erfahrungen gemacht hast.

530. Vornehme Herrschaften pflegen mit ihren Dienern und Chauffeuren mehrere Dutzend Coups verabredet zu haben. Bist du einmal auf einen hineingefallen, wird es dir kaum gelingen, dort jemals wieder Achtung zu erringen.

531. Es gibt in jeder Stadt Hotels, deren Personal mit Berufsverbrechern zusammen arbeitet. (Stelle vor dem Schlafengehen einen Stuhl an die Tür und eine Wasserkaraffe auf dessen Rand.)

532. Ein falscher Name wirkt suggestiver als verändertes Aussehen, das bei näherer Betrachtung doch meist auffällt. Zudem ist das Gedächtnis für Physiognomien in der Regel so schlecht, daß durch die Maske hindurch fast niemand erkannt wird, sondern nur die Maske. Dann aber ist es nicht mehr schwer, zu identifizieren.

533. Sprenge Beziehungen zwischen Menschen nur dann, wenn du einen für dich brauchst. Tust du es für einen Anderen, kann es dir sehr übel bekommen.

534. Spiele nie den Dämonischen. Es würde dir sicherlich glücken, hinterher aber sehr schaden. Das Dämonische besitzt im Leben kein reales Äquivalent. Du würdest also unweigerlich von den Tatsachen im Stich gelassen werden. Bist du überhaupt, wer du sein sollst, so wirst du ohnedies bald in den Ruf des Dämonischen gelangen. Das wird dir umso mehr nützen, als man es nicht kontrollieren kann, aber doch nicht aufhört, auf seine Emanation zu warten.

535. Fürchte dich vor dem Zufall. Er kann furchtbar sein. Und ist häufiger, als man zu wissen pflegt. Der beste Schutz gegen ihn ist, stets auf ihn gefaßt zu sein und in voller Form.

536. Zeige dich nie mit einem Mädchen, das aussieht, als wäre es erst zwölf Jahre alt; aber sorglos mit einer Zwölfjährigen, die aussieht wie eine Siebzehnjährige. Der Schein ist immer alles.

537. Um auf den Schein pfeifen zu können, mußt du Millionär sein, aber damit rechnen, daß du es dann nicht lange bleibst.

538. Begegnest du jemandem, der ganz unbekümmert um das lebt, was die Umwelt zu seinen Worten und Handlungen sich denken könnte, so hast du entweder einen bewußten Selbstmörder vor dir oder einen, um den es zumindest schade ist. Meide ihn wie die Pest, wenn du nicht zugrunde gehen willst.

539. Verspotte niemanden. Ganz im Grunde versteht kein Mensch einen Spaß, den man sich mit ihm macht.

540. Wiederhole dich nicht. Hast du um drei Uhr etwas stupend Geistreiches gesagt, in der folgenden Stunde es aber zweimal wiederholt, neigt jeder dazu, dich für einen Dummkopf zu halten.

541. Handelt es sich um einen Dritten, so darfst du jedem das Unwahrscheinlichste aufbinden. Ist dieser Dritte aber dessen Feind, so kann es dir das Genick brechen.

542. Wenn du die Fähigkeit, entsprechend der gewordenen Situation rasch zu disponieren, nicht in dir entwickeln kannst, laß ab von jeder Libertinage.

543. Wenn du nicht dort aufzuhören weißt, wo die Geschmacklosigkeit beginnt und die gewöhnliche Gier nach Geld, wirst du bald mit Recht im Gefängnis sitzen.

544. Dein Ehrgeiz, Schwieriges, ja unmöglich Scheinendes zu vollbringen, muß Grenzen haben: die des vernünftigen Vorteils und deiner Gesundheit.

545. Stellst du deine Gesundheit aufs Spiel, so ist dein Einsatz fast immer viel zu hoch.

546. Sei nicht mehr als ein Großindustrieller ohne Bureau. Gehst du darüber hinaus, so machst du im Grunde bloß Dummheiten.

547. Unternimm nichts, solange Musik zu hören ist. Ihre

Wirkung ist schlecht. Nur bei Jazz wage dich vor. Er lokkert.

548. Männer, welche schon einmal Bankrott gemacht haben, neigen dazu, das Verlorene durch einen einzigen Coup wieder einzubringen. Laß dich mit ihnen nur dann ein, wenn du imstande bist, ihre Tollkühnheit niederzuhalten.

549. Verwende nicht als Schachzug, schon einmal falliert zu haben. Man wird es dir ja kaum verargen, aber man denkt daran.

550. Veranstalte keine großen Gesellschaften. Du magst in der Wahl deiner Gäste und im Arrangement noch so vorsichtig sein, es wird immer mit einem Mißklang enden. Ist nichts weiter passiert, als daß einer ein Glas Wein in das Klavier entleerte, so kannst du zufrieden sein.

551. Veranstalte nur Diners zu Vieren. Oder zu zweit. Nie zu dritt.

552. Nimm immer an, daß derjenige, mit dem du sprichst, kaum daß du ihn verlassen hast, alles, was du ihm sagtest, entstellt weitererzählt.

553. Prozessiere nie. Das ist nichts für jemanden, der nur auf sein gutes Recht sich berufen kann.

554. Wenn du im Unrecht bist, so hast du bei einem Prozeß doch immer die Chance, ihn zu gewinnen. AUCH DU.

555. Beherrschst du mehrere Dialekte, so verbirg das. Man erwirbt sie nur im Umgang mit dem niedern Volk. Daß man

mit diesem darum sich noch nicht gemein gemacht haben muß, wird für unwahrscheinlich gehalten. Und das ist es auch.

556. Laß dich nicht von einer plötzlichen Freude überrumpeln.

XII

Geld und Briefe

557. Es ist unpraktisch, keine Briefe zu schreiben oder doch nur Postkarten. (Im Ernstfalle ist deine Handschrift stets aufzutreiben.) Denn der Brief ist ein suggestiveres Mittel als ein Telefongespräch, ja in gewissen Fällen sogar einem Aug in Auge vorzuziehen.

558. Lerne so telegrafieren, daß es chiffriert aussieht, ohne es zu sein. Und umgekehrt.

559. Es ist nicht schwer, das Tatsächliche, das ein Brief oft enthalten muß, so hinzuschreiben, daß es schief dasteht. (Repetiere VIII, 467.)

560. Ein probates Mittel, zum Ziel zu kommen, ist, ein Dutzend Briefe schnell hinter einander zu hetzen.

561. Es ist weitaus empfehlenswerter, in einem Brief nicht deutlich zu erwähnen, was man eigentlich will, sondern sich darauf zu beschränken, jene Atmosphäre zu schaffen, die den Empfänger dazu disponiert, das von ihm Gewollte selber auszusprechen.

562. Bearbeite auch brieflich lieber den Willen des Andern als mit Argumenten seinen Widerspruchsgeist.

563. Willst du auf einen wichtigen, dir aber sehr unangenehmen Brief nicht antworten, so lasse den Absender durch einen Dritten wissen, du hättest einen Blutsturz erlitten und in ein Sanatorium reisen müssen.

564. Den Vornamen des Adressaten falsch zu schreiben, die Unterschrift wie im Traum zu vollziehen, ist nicht anzuraten, wenn man den Eindruck erwecken will, keinen Wert auf diesen Brief gelegt zu haben. Zu diesem Zwecke schreibe man ihn mit allergrößter Genauigkeit, bringe aber den Inhalt durch irgendeine grobe Unrichtigkeit um.

565. Liebesbriefe sind DIE Dummheiten.

566. Sei weder freigebig noch sparsam. Und nur in sehr besonderen Fällen verschwenderisch.

567. Gib dem Kellner einer eleganten Bar kein zu hohes Trinkgeld. Sonst hält er dich für das, was du bist.

568. Mußt du Geld in der Tasche haben, um in der Form, in der du bist, dich auch zu fühlen, dann zwinge dich, dreimal wöchentlich ohne einen Pfennig auszugehen und alle Schwierigkeiten zu besiegen. So wirst du dich daran gewöhnen.

569. Es gibt Fälle, die verunglücken, wenn du das Geld aus der Westentasche ziehst; und welche, die glücken, wenn du über ein Portemonnaie verfügst. (Trage deshalb immer auch eine Brieftasche bei dir.)

570. Liebe das Geld nicht zu sehr, damit du, wenn die Situation es erfordert, mühelos dich entschließen kannst, wochenlang nichts zu unternehmen. Gar mancher ging frühzeitig zugrunde, weil er der Gewohnheit, monatlich einige Tausender auszugeben, nicht widerstehen konnte.

571. Riskiere nur Geld. Niemals deine Freiheit. Ziehe es vor,

Teller zu waschen. Es wird deinem Elan weniger schaden als vier Tage Gefängnis.

572. Mache kein Hehl daraus, daß du das Geld schätzst. Für kleinlich oder geizig hält man dich erst, wenn du so handelst.

573. Lernst du einen Finanzmann kennen, so schlage ihm sofort ein Geschäft vor und wäre es noch so phantastisch. Er wird ja zweifellos nicht darauf eingehen, aber dich sich merken. Und eines Tages vielleicht dir eines vorschlagen.

574. Nicht nur, wo Geld ist, kommt welches hin. Unterschätze nie die Kraft eines Menschen, der zu Geld kommen will. Dort, wo dieser augenblicks dreimal läuft, wirst du oft Mühe haben, einen Reichen zum Aufstehen zu bewegen.

575. Mache bei geschäftlichen Abschlüssen, die reibungslos vonstatten gehen, plötzlich ein mißtrauisches Gesicht. Die Wahrscheinlichkeit ist groß, daß dein Partner nun doch mit einem Hinterhaken herausrückt, der dir, hättest du ihn nicht zu Gesicht bekommen, allen Gewinst illusorisch gemacht hätte.

576. Banknoten, die private Zeichen tragen, lehne ab oder wechsle sie sofort.

577. Zahle häufig mit Goldstücken. Es wirkt wohlhabender.

578. Alles an dir muß stets einen sehr vermögenden Eindruck machen. Aber führe das Geld nur selten im Munde.

XIII

Aberglaube

579. Geschieht es im Verlaufe eines längeren Gesprächs, daß du und dein Gegenüber einander plötzlich wie irrsinnig in die Augen glotzen, so ist durchaus kein Grund vorhanden, das für ein schlechtes Omen zu halten. Es ist vielmehr der Moment, euch zusammen zu tun.

580. Auf Frauen wirkt eine vorgehaltene Waffe oft weniger als der Kniff, ihren Aberglauben zu erregen.

581. Aberglaube ist die Furcht vor der eigenen Schwäche und die Hoffnung auf fremde Kraft.

582. Lege dir jeden Plan in seinen Anfängen und seinem Ziel genau fest. Für das, was dazwischen fällt, halte dich nur an allgemeine Direktiven. Unterwegs kommt es doch fast immer ganz anders. Wer für dieses »Unterwegs« aber an irgendeinen Aberglauben sich hält, wird sein eigener Saboteur.

583. Aberglaube ist unschädlich, ja sogar stärkend, wenn er nicht wirklich schaden kann.

584. Keine Visitkarten zu verwenden, ist zwar auch ein Aberglaube, vor allem aber eine sehr weise Gewohnheit. Da bei der Mehrzahl der Menschen das Gehör-Gedächtnis besser ist als das visuelle, wird dein Name, wenn du ihn öfter wiederholen mußt, bald vertraut sein.

585. Zwinge dich, die Zahlen 13 und 7 mit denselben Emp-

findungen zu betrachten wie die übrigen. Wer unter jener Ägide hineingefallen ist, ist kindlichen Angstzuständen erlegen. (La barbe!)

586. Begegnest du einer ehemaligen Geliebten, so lasse dich nicht wieder mit ihr ein, wenn sie inzwischen abergläubisch geworden ist. Bei Frauen hat das auch eine Änderung der Mentalität zur Folge.

587. Es ist ein weit verbreiteter Aberglaube, Stammgast in mehreren Lokalen zu sein. Es ist aber auch bloß weise.

588. Der Aberglaube, an einem Freitag keine Reise zu unternehmen, hat mehr Menschenleben auf dem Gewissen als tausend andere Dummheiten.

589. Beginnt der Aberglaube, die Entschlußkraft zu lähmen, wirkt er vernichtend.

590. Schon mancher kam vom Aberglauben zur Erfahrung. Viele blieben darin stecken. Entschlossenheit ist das Wichtigste. (Nur einer, der über SEHR große Erfahrung verfügt, wird jene besitzen.) L. L.

XIV

Schlußnummer

591. Die Welt will betrogen sein, gewiß. SIE WIRD ABER SOGAR ERNSTLICH BÖSE, WENN DU ES NICHT TUST.

Genf, im August 1927

Das Meisterlied

Stets ist mein Auge unergründlich.
Um meine Lippen geht es leer.
Und meine harte Hand wird stündlich
zur Folter bald und bald Begehr.

Ich liebe es, das Gold zu locken;
das Tier zu wecken, bis es schreit;
in einer Bar allein zu hocken,
ein Witz auf alle Ewigkeit.

Ich habe nirgends eine Stätte.
Manch stieres Auge mich umwacht.
Tagtäglich ich mich selber wette
und mich gewinne – jede Nacht.

Den Zornpokal des Glücks zu leeren,
ist mein Beruf und meine Lust.
Ich werde mich des Todes wehren,
säß mir schon Ekel in der Brust.

Zur Beachtung

Sofort nach Beendigung der Lektüre verlange man das bestellte Souper und verzehre es langsam. Sobald man beim Champagner angelangt ist, lasse man durch den Kellner die Auserwählte an den Tisch bitten. Besseren Falls fahre man nach dem Champagner im Auto zu derjenigen, welche ...

Auf jeden Fall aber wende man das soeben Gelesene, so weit es der augenblicklichen Praxis parallel ist, mit größter Exaktheit an. Man wird nicht nur verblüfft über den Erfolg sein, man wird ... Man wird eben! Teremtete!

Und nunmehr:

Gute Nacht und bonne chance!

NB.: Nach dem Erwachen memoriere man das Lockerlied und hierauf das Meisterlied. Die Teilnahme der Dame daran bleibt bereits dem durch dieses Brevier geschulten Ermessen überlassen.

Zum Schluß sei besonders eindringlich dazu ermahnt, mit sich, so wie man es aus diesen 672 Fragmenten sich zu eigen machte, ohne jeden Verzug zu beginnen. Wer sich aufschiebt, hat sich aufgegeben. Nur wer sich unverzüglich aufnimmt, hat sich wahrhaft aufgelockert und ist zu dem geworden, was er erträumte: Glücksritter seines Leibes und des Lebens – Rasta.

Das Marschlied

Als sehr verwegner Tausend-Rasta
sei nicht zu wild und nicht zu wüst.
Es kommt für jeden mal das Basta.
Drum achte drauf, daß man dich grüßt.

Leise Frage des Autors an seinen jüngsten Proselyten am Abend nach dieser Nacht:

»Wird sie dich grüßen, wenn du ihr wieder begegnest? Oder wird sie . . .?«

Schnelle Antwort des jüngsten Proselyten, dicht vor dem Ohre des Autors:

»Sie wird nicht grüßen. Aber schweigend sich zu mir gesellen.«

Echo aus der Ferne:

»BRAVO!!!«

Aus ganz weiter Ferne:

»KIKERIKI!!!«

Zum Text

Das *Handbrevier für Hochstapler und solche die es werden wollen* ist erstmals gegen Ende des Jahres 1927 im Rahmen der siebenbändigen Werkausgabe des Paul Steegemann Verlages, Berlin, erschienen. Dieses im August 1927 fertiggestellte letzte Buch Walter Serners schloß einen Kreis zu seinem ersten: das einführende »prinzipielle Handbrevier« war bereits in den Jahren 1915 bis 1918 entstanden und im Sommer 1920 unter dem Titel *Letzte Lockerung manifest dada* als 62.–64. Band der Sammlung *Die Silbergäule* ebenfalls bei Paul Steegemann veröffentlicht worden.

Für die Neufassung des Buches hat Serner den ursprünglichen Text nochmals überarbeitet. Insbesondere tilgte er alle Anspielungen auf seine dadaistische Herkunft: aus »Vive Dada!« wird »Vive le rasta!«, aus dem »Dadadatterich« ein »Di-Do-Datterich«. (Schon 1921 war, als direkte Reaktion auf Serners Trennung von den Pariser Dadaisten um Tristan Tzara, die Bezeichnung »manifest dada« aus der Verlagswerbung verschwunden und durch den später beibehaltenen Untertitel ersetzt worden.) Die Abschnitte Nr. 58 und Nr. 79 wurden erweitert, letzterer um ein Mehrfaches seines früheren Umfangs. Das 59. Fragment und die im Zusammenhang mit der kulinarischen Rahmenhandlung des Breviers stehenden Abschnitte Nr. 78 und Nr. 80 kamen ganz neu hinzu.

Offensichtliche Druckfehler der Originalausgabe wurden stillschweigend berichtigt, in Zweifelsfällen aber in Klammern mitgesetzt. Die Zählung des »allgemeinen Handbreviers«, in der aus unbekanntem Grunde die Nummern 82, 341 und 499 fehlen, wurde unverändert übernommen.